百鬼一歌

都大路の首なし武者

瀬川貴次

講談社
タイガ

イラスト｜Minoru
デザイン｜岡本歌織（next door design）

目次

百鬼一歌

都大路の首なし武者

一　名こそ惜しけれ

「すっかり遅くなってしまいました。では、今日はこれで──」

直衣《のうし》姿の二十歳ほどの青年が静かに立ちあがり、廂《ひさし》の間《ま》から簀子縁《すのこえん》へと一歩踏み出す。たちまち、夏の涼しい大気が彼をふわりと包みこんだ。微風の中には、ほのかに甘い花の香りが混じっている。

宵《よい》の庭には松の巨木がそびえていた。太い幹の表面は、蔓《かずら》の緑の葉と白い五弁の花に覆《おお》われている。のちに定家蔓《ていかかずら》と呼ばれるようになる、キョウチクトウ科の植物だ。

夕闇《ゆうやみ》の中で、月光を受けて白く輝く花。その光景に、瞬間、彼──左近衛権少将《さこのえのごんのしょうしょう》、御子左希家《みこひだりまれいえ》はひと月半ほど前に見た卯《う》の花《はな》の咲く様を重ね合わせた。

あれから彼の周辺ではいろいろありはしたものの、いまはもうすっかり落ち着きを取り戻している。宮中を騒がせた物《もの》の怪《け》も、再び現れる気配はない。このままずっと、平穏な時間が続けばいいのだが……。

「どうかされました？」

御簾《みす》の内から、たおやかな女人の声が尋《たず》ねる。希家はハッと我に返り、

「いいえ、何も。それではまた」

一礼して、その場から退出した。

外で待ってくれていた従者の是方《これかた》とともに、希家は自宅を目指して平安京の都大路《みやこおおじ》を徒歩《かち》で北上する。

昼間はにぎやかな大路も、陽が落ちるとたちまちひと通りが絶えて、物寂《ものさび》しいものとなる。寂しいだけならまだしも、夜盗の類《たぐ》いも多く徘徊《はいかい》し、誰彼かまわず襲いかかっては身ぐるみ剝《は》いでいくのだとか。それでも、五年前に比べれば治安もだいぶましになったほうだ。

あの頃の都は、平家《へいけ》と源氏《げんじ》の争いで麻のごとく乱れていた。それこそ、いま希家が歩いている大路にも、死体が普通に転がっていたのだ。

武家の二大勢力がぶつかり合った戦乱は、源氏の側の勝利で終わった。その源氏の棟梁《とうりょう》、源《みなもとの》頼朝《よりとも》はいま、都から遠く離れた鎌倉《かまくら》に居を置いている。関東武士団をまとめるため、そして奥州藤原氏《おうしゅうふじわらし》の動向を見張るためだ。

だが、先年、その奥州藤原氏も滅びて後方の憂《うれ》いは消えた。今年のうちにも頼朝が上洛《じょうらく》してきて、治天《ちてん》の君《きみ》たる法皇《ほうおう》と会見するだろうと噂《うわさ》されている。それにより公家《くげ》と武家は連帯し、これからの世を平《たい》らかに治めていくのだとひとびとは期待していた。

そうなれば、夜歩きももっと気楽なものになる。馬のいななきが聞こえてきただけで、またどこかで武士が諍《いさか》いを始めたかとおびえていた、あんな殺伐《さつばつ》とした時代には、もう二度と戻ってほしくない――

ふと、希家は足を止めた。先を歩いていた是方が振り返る。

「どうかなさいましたか？」

「いま……、馬のいななきが聞こえなかったか？」

「馬の？」

是方がまわりを見廻《みまわ》す。希家も扇《おうぎ》で口もとを押さえ、耳を澄《す》ます。

いななきは聞こえなかった。だが、その代わり、風に乗ってどこからか、蹄《ひづめ》の音が聞こえてきた。

おそらくは一騎のみ。カツ、カツ、カツと軽快に歩を進めつつ、こちらへと向かってくる。

希家と是方は顔を見合わせた。お互いの表情に、不安が色濃く表れている。不穏なものを感じた主従は万一の事態に備え、大路の脇《わき》に立つ柳の木陰《こかげ》へと身を寄せた。

やがて、通りのむこうに騎馬姿の影が見えてきた。

がっしりとした葦毛《あしげ》――白地に黒の混じった毛色の馬だった。その背にまたがるのは、赤地の錦《にしき》の直垂《ひたたれ》に唐綾威《からあやおどし》の鎧《よろい》を身に着けた堂々たる武将だ。大太刀《おおだち》を腰に佩《は》き、背には鷲《わし》の尾羽根を用いた石打の矢を負い、重籐弓《しげどうゆみ》を携えている。

まさに大将の貫禄《かんろく》である。

なのに、付き従う者はひとりもいない。いや、いちばん奇異な点はそれではない。

馬上の武者には首がなかったのだ。

遠目、夜目ゆえの見間違いではなかった。いくら目を凝《こ》らしても、肩より上にあるはずの顔も兜《かぶと》もなく、背中に負った石打の矢の矢羽根が、きれいに並んでいるのが見通せている。

では、斬首《ざんしゅ》された死体が馬に乗せられているのか。それも否だった。

武者の両手はしっかりと手綱《たづな》を握っていた。そればかりか走っていた馬を通りの中央で停止させ、身体《からだ》全体をねじってあたりを見廻す。その動きは生者となんら変わらず、なめらかだった。

希家の全身にぶわりと鳥肌が立った。是方は恐怖に耐え切れず、助けを求めるように主人の名を呼ぶ。

「希家さま、あれはいったい……！」

震えるその声が聞こえたのだろう。首なし武者は、希家たちがひそむ方向に身体の正面を向けた。

是方がひいと声をあげ、頭を抱《かか》えてうずくまる。希家は自分よりも身体の大きい従者をかばって、是方の背中に覆いかぶさった。残念ながら傍目《はため》には、従者にすがりついているようにしか見えなかったが。

護身用に太刀は携えているものの、使いこなせる気はまったくしなかった。あの威風《いふう》堂々《どうどう》とした首なし武者に大太刀で斬《き》りつけられたら、万事休す、なすすべはない。せっかく戦乱の時代を生き残ってこられたというのに、哀《あわ》れ、夜道で物の怪の刃《やいば》に倒れるのかと、希家は本気で嘆《なげ》いた。

しかし、最悪の事態へとは発展しなかった。

目も耳もないのに、いかにして周囲の気配を探っているのか。方法は定かではないが、首なし武者は気のせいだったかと判断したらしく、再び馬を動かした。

ぶるるっと鼻を鳴らして、葦毛の馬は先ほどと同じ、ゆったりした速度で歩き出す。カツ、カツ、カツと蹄の音が規則正しく夜陰に響き、やがてそれも遠くなる。

蹄の音が完全に聞こえなくなってから、希家はふうっと大きく息を吐いた。足から力が抜けて、是方の大きな身体に完全にもたれかかる。

「ま、希家さま」

「ああ、もう大丈夫だな」

是方が身を起こす。希家も彼に引っ張りあげてもらって、どうにか立ちあがることができた。

「なんだったのかな、あれは」

「決まっているじゃありませんか。死霊《しりょう》ですよ。源氏か平家かは旗印《はたじるし》がなくてわかりませんが、きっと名のある武将の霊に違いありません」

是方が力説する。希家も「かもしれないな」とうなずく。

ひとりで遭遇したのなら、何かの間違いであった可能性もあろうが、是方も見ているのだ。幻にしては鮮明すぎた。あれはきっと現実。となると、死霊が出たとしか言いようがない。

蹄の音はもう聞こえない。だが、夏の夜はまだまだ多くの魔を秘めているように思えてならなかった。


平安京の中心たる御所《ごしょ》の奥、妃《きさき》たちが住まう後宮《こうきゅう》に、藤壺《ふじつぼ》と呼ばれる殿舎《でんしゃ》があった。現在、ここを御座所《ござしょ》としているのは、妃の中でも最も高い地位にある中宮《ちゅうぐう》だ。

早朝、その藤壺の簀子縁を、数えの十三歳になる女童《めのわらわ》が角盥《つのだらい》（左右に二本ずつ角状の取っ手がついた盥）を両手で捧《ささ》げ持ってしずしずと歩いていた。盥といっても、蒔絵《まきえ》が施《ほどこ》された美麗なもので、そこに満たされた水は藤壺の女主人、中宮が洗顔用に使うためのものだ。

一滴たりともこぼしてはならないと、女童――陽羽《ひわ》は慎重に歩いていた。

そんな彼女を、何者かがじっとみつめている。それも、ひとりではない。庭先の前栽《せんざい》の陰に、三、四人ほど公達《きんだち》が隠れて、ひそひそと話しているのだ。

「あれが？　あれがそうなのか？」

「そうとも、そうとも。あの女童が宇治《うじ》の平等院《びょうどういん》に飛来してきた鵺《ぬえ》を、たちまち射落としたのだそうだ」

鵺と聞いて、女童――陽羽の口角がぴくりと引き攣《つ》った。

鵺とは、頭が猿、胴は狸《たぬき》、手足が虎《とら》で、尾は蛇という妖怪《ようかい》だ。その鵺がつい先月のこと、御所に出没しては怪しい声で鳴き続け、数えの十一歳になる幼《おさな》い帝《みかど》を苦しめたのである。

その昔、鵺なる妖獣《ようじゅう》が御所に現れた際には、源氏の武者、源三位《げんさんみ》頼政《よりまさ》がこれを見事、射落としたという。その故事にちなみ、頼政公の終焉《しゅうえん》の地である平等院に詣《もう》でて、鵺退治の英雄に加護を祈ろうと、帝と藤壺の中宮は宇治へと向かった。

しかし、鵼はその宇治にも現れた。姿は見せぬが、どこからともなく鵼の不気味な鳴き声が響いてくる。誰しもが恐怖に固まり、動けなくなっていたそのとき、中宮付きの半者《はした》――女房《にょうぼう》より下位の召使いである陽羽が弓を引き、見事、鵼を射落としたのである。

「それで、その鵼はどうなった」

「川に落ち、そのままいずこかへと流れていったとか。あれ以来、鵼が現れることはなくなったのだから、きっと生きてはおるまい」

「しかし、信じられぬ。あのような十二、三の小娘が」

「なんでも、かの源三位、源頼政公の孫娘だというぞ」

「なんと、鵼退治の頼政公の？　祖父に続いて、孫娘までがその偉業を成《な》し遂《と》げたというわけか。なんと天晴《あっぱ》れな話よ」

会話が全部、筒抜けであった。

そもそも、前栽自体が三、四人でひそむには小さすぎて、冠《かんむり》やら袖《そで》やら裾《すそ》やらが葉陰《はかげ》からはみ出してしまっている。最初から隠れるつもりは毛頭なく、ここにいるよと暗に教えているのではないかと疑いたくなってくる。

いや、疑いではなく、実際そうなのだろう。毎日とまでは言わないが、彼らはそうやって陽羽の行く先々にひそみ、これ見よがしに鵺の話をしているのだから。

隠れているおつもりだかどうか知りませんが見えていますよと、指摘してやりたい誘惑を、陽羽はぐっと抑えた。そんなことをしても、かまってほしがっている相手を喜ばせるだけだ。陽羽は大真面目《おおまじめ》なしかめっ面《つら》を作って簀子縁を歩ききり、中宮の待つ部屋へと入室した。

「お待たせいたしました――」

水場からここまで、大した距離でもなかったのに、遠い山まではるばる水を汲《く》みに行ったような心地がする。その思いが声にもあからさまにあふれていた。

「あらまあ、どうしたの陽羽。朝からそんなに疲れたふうで」

数多《あまた》の女房たちに囲まれ、洗顔用の水を待っていた中宮が、笑いを含んだ声で訊《き》いてきた。

今年に入って幼帝のもとに入内《じゆだい》してきた中宮――

帝が十一歳であるのに対し、中宮は十八歳。いまを盛りとする花のごとき女人だ。しかも藤原氏の本流、九条《くじよう》家の姫君でもある。彼女の父は、幼い帝の補佐として実際に政治を動かす摂政《せつしよう》の座についている。非の打ちどころがないとは、まさにこのことだろう。

淡紅《うすくれない》の袿《うちき》を肩に羽織《はお》り、女房たちに囲まれてくつろいでいる中宮は、月から舞い降りた天女のようだ。かつての彼女の呼び名が月姫《つきひめ》であったのも、なるほどとうなずける。

若く美しい中宮から直接言葉をかけられて、陽羽は恐縮し赤面した。申し訳ありませ
ん、と小声でごそごそ言いながら、中宮のもとへと角盥を運ぶ。さっそく、女房たちが中
宮の洗顔を手伝い、髪の毛を梳《くしけず》ったりと甲斐甲斐《かいがい》しく世話を焼く。

中宮は女房たちに身を任せつつ、陽羽に話しかけた。

「外の話し声がここまで聞こえていたわ。陽羽の人気は当分、衰《おとろ》えそうにないわね」

恐縮した陽羽は眉《まゆ》を八の字に垂らし、身を縮めた。

「珍しがられているだけだと思います……」

「珍しいは珍しいでしょう。何しろ、十三の女童が、物の怪を退治したのですから。文《ふみ》も
きっと、たくさんいただいているのではなくて？」

「はい……」

それがまた新たな悩みを生み出す元となっていた。返しがなかなか追いつかないのだ。

そもそも、歌もまだ満足に詠《よ》めない陽羽に、気の利《き》いた返事が出せるわけがない。

遠慮がちにそのことを告げると、中宮はころころと笑った。

「殿方の注目の的になるというのも大変ね。でも、文の返しなら、叔母《おば》上に手伝ってもら
っては？」

そう言いながら、中宮はすぐそばに控《ひか》えていた、五十代ほどの年配の女房を振り返った。陽羽の叔母、讃岐《さぬき》だった。

讃岐は頼政公の娘にして、陽羽の亡き父の妹。若い頃から宮廷女房として、また歌人として名を馳《は》せ、その功績ゆえに、中宮の女房にぜひと摂関《せっかん》家から乞《こ》われた身だ。陽羽が半者として藤壺に入れたのも、この叔母の口添えがあったからこそだった。

つい最近になって、讃岐に見出《みいだ》されるまでの年月、陽羽は自分が源氏の武将、頼政公の孫娘とも知らず、大和《やまと》国の尼寺《あまでら》で近隣の村の子らとともに、のびのびと暮らしていた。

陽羽が生まれた当時、都は平氏一門に支配されていた。それを不満とし、現法皇の子、以仁王《もちひとおう》が平家追討の令旨《りょうじ》を出した。

源頼政、鎌倉の頼朝、木曾義仲《きそよしなか》らが令旨に応じて挙兵し、戦乱は始まった。しかし、源頼政・仲綱《なかつな》は宇治にて平家の軍勢に敗れ、親子ともども自刃《じじん》する。

陽羽はその仲綱の忘れ形見だ。累《るい》が及ぶのをおそれた陽羽の母は、幼子《おさなご》を抱いて大和に逃げ延び、その地で陽羽を育てた。身を隠すのが精いっぱいで、充分な教育を施すような余裕も教え手もいなかったのだ。

頼政親子は宇治で敗死したが、平家は義仲勢に追われて都を棄《す》て、西方へと逃れた。その後、戦局はめまぐるしく変わり、一時は平家が勢いを盛り返すかと思われたものの、奇襲の天才、源義経《みなもとのよしつね》の登場により押し返されて、平家一門はとうとう壇《だん》ノ浦《うら》に沈んでいった。

だが、平家追討の功労者であるはずの木曾義仲も、彼が率いる木曾勢が都で好き放題やってしまったがために朝廷から疎《うと》まれ、源頼朝の命を受けた義経によって討ち取られている。ちなみに、義仲と頼朝・義経の兄弟はいとこ同士にあたる。

その義経にしても、朝廷に近寄りすぎたことを兄の頼朝に警戒され、結果、逃亡した先の奥州平泉《ひらいずみ》にて自害した。驕《おご》る者は久しからずとは、何も平家のことをのみ指《さ》しはしないのだ。

生き残った源氏の大将、源頼朝はいま鎌倉にあって、全国の武士に睨《にら》みを利かせている。帝位には、壇ノ浦で平家とともに入水《じゅすい》した幼帝のさらに幼い異母弟が就《つ》き、実際の政務は祖父の法皇が見ている。

世がようやく落ち着いてきた頃、讃岐は陽羽たちの居場所を突きとめ、姪《めい》を迎えにやってきた。母親は感激し、

「どうか、この子をよろしくお願いいたします」

と、涙ながらに陽羽を託した。

讃岐は喜んで姪を都に連れ帰ったが、いかんせん、宮廷女房としての教養を身に付けさ

せるには時間が足りなすぎた。

歌も詠めない、古典に材をとった気の利いた言いまわしもできないでは、女房として役に立たない。讃岐としては、姪も自分のように中宮付きの女房にしたかったのだが、当人の能力不足ゆえ、やむなく陽羽を女房と雑仕女《ぞうしめ》（召使い）の中間ともいうべき半者に据えたのだった。

「お言葉ながら、わたくしが文の代筆をしたのでは陽羽のためになりません」

讃岐の潔癖な返答は、真実、姪のためを思うがゆえだろう。中宮もそう返ってくると予想していたらしく、にっこりと微笑《ほほえ》んで陽羽を優しく励《はげ》ます。

「だそうよ。がんばってね、陽羽」

「はい……」

きれいに着飾るだけが女房の仕事ではないと、陽羽も充分理解していた。叔母上の言いつけをよく聞くのですよと言って、涙ながらに娘を送り出してくれた母の期待に応《こた》えたくもあった。

ならば、道は遠くとも進まざるを得まい。

陽羽は深く頭を下げ、その姿勢のまま、きらびやかな中宮の前から、ずりずり、ずりずりと退出しようとした。そこへ別の女房が、

「ごめんなさい。この角盥を持っていってくださる？」

と声をかけ、洗顔が終わって用済みになった角盥を指差す。

「はいはい」

お安い御用と、陽羽は来たときと同様、角盥を捧げ持って簀子縁に出た。それを待ち構えていたように、庭先の前栽の陰からひそひそ声があがる。

「来た来た」

「やっぱり、ただの小娘にしか見えぬがのう。それとも脱いだらすごいのか？」

「あははは」

冠の先や、裾を前栽からはみ出させて、物見高い若い貴族が好き勝手なことを言っている。

まだいたのか、と陽羽は心底うんざりした。文の代筆を叔母に却下された直後だけに、余計にむかつきもした。無視をするのがいちばんと自分をなだめることもできず、

「あら、庭の前栽がお水を欲しがっているようですわ」

そう言うや否や、陽羽は角盥の中の水を前栽めがけてぶちまけた。

冷たい水が前栽の枝葉にあたって、ざばあっと跳ねあがる。身を半端《はんぱ》に隠していた貴族たちが悲鳴をあげ、前栽の陰からいっせいに走り出していく。

彼らのあわてふためきように溜飲《りゅういん》を下げたのもつかの間、

「何事ですか、陽羽！」

讃岐の声が聞こえて、陽羽はびくりと身をすくませた。

「なんでもございません、角盥の水を少しばかりこぼしてしまっただけにございます」

言い繕《つくろ》い、彼女自身も大急ぎでその場から離れていった。


陽が暮れて、半者としての雑務からやっと解放された陽羽は、藤壺内に設けられた局《つぼね》へとさがっていった。

同室の女房の桂木《かつらぎ》は、陽羽のいかにもくたびれ果てたような顔を見て、くすっと笑う。

「お疲れさまね。ところで、今日もまた文が届いていたわよ」

そう言って、数通の文を扇のように広げてみせる。年頃の娘なら喜びそうなところを、陽羽は盛大にしかめっ面をしてみせた。

昼間、腹が立って角盥の水をぶちまけてやったのに、そのくらいでは懲《こ》りなかったらしい。あるいは、あの覗《のぞ》き魔たちとはまた別の手合いか。どちらにしろ、げんなりこそすれ嬉《うれ》しくはない。

「またですか。どんどんたまっていくじゃないですか」

陽羽も、最初のうちは喜んだり照れたりもした。しかし、局の一角に山を築くほどになると、いいかげん慣れてくる。返事を書かねばならないうっとうしさも、日に日に重くのしかかってくる。

「まあまあ、そう言わずに。とりあえず目だけでも通してみれば？　これこそ、宮仕えの醍醐味《だいごみ》なのだから」

「わたしも貴公子との文の遣《や》り取《と》りに憧《あこが》れたことがなかったとは言いませんが……、返事を書くのがとにかく苦痛で苦痛で」

あの文武両道《ぶんぶりょうどう》の頼政公の孫娘、あ、あの歌人として名高い讃岐の姪。その肩書きが、なおさら陽羽に返事を書かせることをためらわせていた。

「桂木さまに代わって書いてはもらえませんか？」

「一通や二通なら代わってやりたいくらいだけれど、こうもたまるとね」

「ですよねぇ……」

陽羽はあきらめたと見せかけ、

「じゃあ、せめて半分」

「駄目よ、駄目」

桂木は笑顔で首を横に振った。

「代筆がばれて、うっかり面倒なことになっては大変でしょう？　わたくしはなるべく目立たないようにしたいから」

返ってきた言葉には、静かながらも強い意志が籠《こ》もっていた。

桂木と呼ばれる、この二十歳ほどの若女房は、肉体的な面で言えば実は男性であった。しかし、心は誰よりも女らしい女性で、その事実を隠し、長年の憧れだった宮廷女房として勤《いそ》しんでいるのである。

この事実は、藤壺内では陽羽と讃岐しか知らない。桂木に邪念は一切なく、女人として生きたいと切望しているだけだと理解したからこそ、陽羽も積極的に彼女を守るつもりで同室になったのだった。

「こんなことがいつまで続くのでしょうか」

「ひとの噂も七十五日と言うでしょう？　宇治での騒ぎから、ひと月と少々だから、あともうひと月も経《た》てば落ち着くわよ」

「もうひと月ですか……」

うおぅ……と、蛙《かえる》の鳴き声に似た異音が、無意識に陽羽の喉《のど》から発せられた。

「そんな声を出すと、讃岐さまにまた叱《しか》られるわよ」

「はいはい、気をつけます」

そう応えた端《はし》から、今度は大あくびが出てきた。

「もう寝ます……」

「そうしましょう。返事は明日になってから書けばいいのよ」

そんな言い訳を重ねた結果、これだけ文がたまったわけだが、陽羽はその事実に目をつぶって、褥《しとね》の準備を始めた。

ふたつ、褥を並べて燈台《とうだい》の火を消す。狭い局は、たちまち暗闇《くらやみ》に包まれた。

「おやすみなさい、桂木の君」

「おやすみ、陽羽」

就寝の挨拶《あいさつ》を交《か》わし、夜具を頭の上にまで引きあげる。睡魔はすぐに陽羽のもとへと訪れてくれた。昼間、あれこれと働き詰めであったのも眠りの後押しとなったに違いない。

どれくらいの時が経っただろうか。

みしり、と外の簀子縁で床板が鳴った。と同時に、陽羽がぱちりと目をあける。

木造建築が夜中に軋《きし》むのは普通のことだ。その程度なら、陽羽もいちいち目を醒《さ》ましたりはしない。

おそらく、勘か何かで感じ取るものがあったのだろう。その証拠に、彼女は枕《まくら》もとに立って、こちらを見下ろす人影を目撃した。

思わず、ひっと息を呑《の》む。その音で、侵入者も陽羽が目醒めたことに気づく。

「起こしてしまったかな、愛《いと》しいひと」

ひそひそ声で侵入者は言った。影の形からすると宿直装束《とのいしょうぞく》──冠直衣《かんむりのうし》を身に着けた男だと知れた。ただし、初めて聞く声だ。

「ああ、怖がらないでおくれ。どうか、わたしの気持ちもわかって欲しいのだ。文を幾通も送ったというに、一向に返事がもらえず、前栽に隠れて姿を垣間見《かいまみ》ようとすれば、野良犬を追うかのごとく冷たい水を浴びせられ……。なんとつれない。なのに憎めない。とうとう思い余って、ここまで来てしまったのだよ」

男は一方的にささやきながら身を屈《かが》め、陽羽に手をのばしてきた。

「どうか、この想いの深さを──」

陽羽の肩に男の手がかかった。次の瞬間、

「いやぁぁぁ」

嫌悪の悲鳴を喉から迸《ほとばし》らせ、陽羽は男の手首をわっしとつかんだ。

そのまま身体を反転させ、勢いをつけて男の身体を投げ飛ばす。あなや、と男が発した声と、板戸に彼が激突する音とがぴたりと重なる。

この物音に、それまで侵入者に気づかず寝入っていた桂木が目を醒ました。

「ひ、陽羽?」

身を起こした桂木は周囲を見廻し、簀子縁に面していた板戸がへし折れ、そのむこうに宿直装束の男が倒れているのをみつけて、きゃあと悲鳴をあげる。ほかの女房たちもこの騒ぎに気づいたらしく、がたがたと遣戸《やりど》をあける音が複数、聞こえてくる。

これはまずいと男も悟ったのだろう。あわてて立ちあがると庭に飛び降り、後ろも見ずに逃げていく。垂纓《すいえい》の冠が頭からずり落ちかけているのを直そうともしない。

助かった——と陽羽は安堵《あんど》に胸をなでおろした。

「大丈夫だった、陽羽?」

心配そうに問う桂木に、ええとうなずき返す。だが、本当に大変なのはそれからだった。

「これはいったい何事ですか」

讃岐の、明らかに怒気を含んだ声が藤壺中に響き渡る。咄嗟《とっさ》に寝たふりをしようかとも思ったが、へし折れた板戸がそこにある以上、言い逃れは難しい。

迫り来る叔母の足音を聞きながら、陽羽は次なる試練の予感に頭を抱えずにはいられなかった。

「なるほど、それで忍んできたかたをエイヤッと投げ飛ばしたと――」

陽羽からひと通り話を聞いた讃岐は、こめかみに指を添え、ふうと大きく息をついた。

夜中に物音で叩《たた》き起こされた讃岐は、騒動の発端が陽羽だと知るや、姪をむんずとつかまえて自身の部屋へと引きずっていった。まさか、叔母を投げ飛ばすわけにもいかず、陽羽はおとなしく引かれていき、たっぷりと説教を食らったのである。

「そのような派手な撃退をせずとも。文の段階でやんわり断っておけば、大ごとにならずに済みましたのに」

「はい、そのとおりでございます」

陽羽はその身体を前に投げ出し、五体投地《ごたいとうち》の体《てい》をとって深い謝意を表現した。

「とてもとても反省をしております。それはもう海よりも深く、山よりも高く……」

その口調は平坦《へいたん》で、いかにも嘘《うそ》くさく響く。陽羽自身もそれを自覚してむくりと身を起こし、本当のところを打ち明けた。

「やっぱり無理です。文でやんわり断れと叔母上はおっしゃいますが」

「叔母上でなく、ここでは讃岐さまとお呼びなさい」

宮廷女房としての矜持《きょうじ》を示し、讃岐が鋭く命じる。陽羽は即座に従った。

「はい、讃岐さま。そのやんわり具合が、わたしにはさっぱりつかめないのです」

もどかしさをよりわかりやすく伝えるべく、陽羽は手を握ったり開いたりをくり返した。処置なしとばかりに、讃岐は本日何度目になるかもわからない盛大なため息をつく。

「あなたのお祖父さまは文武両道で名高き源三位頼政公。なのに、あなたは武の面だけ引き継いで、文の面をどこかに置き忘れてきたようですね」

「讃岐さまのおっしゃるとおりでございます……」

「まあ、それも致しかたありません。田舎《いなか》ですごした時が長すぎたのです。しかもその間、ひたすら野山を駆けまわっていたそうですからね。ですが――」

ひと呼吸おき、讃岐は毅然《きぜん》とした調子で続けた。

「わたくしはあきらめませんよ。あなたをひとかどの貴婦人にするのが、わたくしの兄、あなたの亡き父上への供養《くよう》にもなると思えばこそ」

父の名を持ち出されると陽羽も弱い。五体を投げ出すだけでなく、部屋中をずりずり這《は》いまわって、反省の気持ちを十二分に表現したいくらいなのだが――それを実行しては叔母の怒りにさらに油を注いでしまうとわかっているから、やらない。代わりに、

「あの、わたしなりに考えたのでありますが」

延々と続く讃岐の説教にくさびを打ちこむように、陽羽は思い切って主張した。

「どう考えても、ひとかどの貴婦人になるのは無理です。百年かかります」

讃岐の返答は早かった。

「百年はかけすぎです。もっと縮めなさい」

叔母の非情な言葉に陽羽は泣きたくなったが、涙をこらえて、逆に毅然と顔を上げる。

「縮めたところで何十年になりますことやら。不得手なものに手間をかけるのは、徒労にしかなりません。陽羽は不得手ではなく、得手で中宮さまのお役に立ちたいのです」

言い切った瞬間、讃岐の片方の眉がぴんと大きく撥《は》ねあがった。

「ほおぉ……。それはまた大きく出ましたね。では、聞きましょう。陽羽、あなたの得手とはなんですか」

「弓です」

待っていましたとばかりに陽羽は応えた。実際に弓を引く動作までつけて。

が、その結果、讃岐の放つ威圧感が明らかに増した。さながら、不動明王《ふどうみょうおう》が火焔《かえん》を背《せ》負《お》って立ちあがったかのように。

失敗したとおののく陽羽に、讃岐は告げた。

「戦時にならば、女武者もあり得ましょう。事実、かの木曾義仲公のそばには巴《ともえ》御前《ごぜん》なる美しき女武者が侍《はべ》り、強弓《つよゆみ》も太刀も巧《たく》みに使いこなして、一人当千《いちにんとうぜん》の兵者《つわもの》と讃《たた》えられたとか」

「では」

陽羽が前例の存在に希望をいだいたのもつかの間、

「ですが、陽羽、それは女房の役目ではありません。御所にはすでに警固《けご》の武士が数多おります。それで充分。武でもって中宮さまをお守りしようなどと、見当違いな考えは早々に捨てなさい」

讃岐に真っ向から否定されて、陽羽はしゅんとうなだれた。すっかりしおれてしまった姪を、讃岐は哀れむでもなく、

「あなたを宮中に入れたのは早すぎたようですね」

そんなことをつぶやき、陽羽をあわてさせる。

「讃岐さま、もしかして」

「今後また、今宵《こよい》のような騒がしい出来事が起こらないとも限りません。ほとぼりが冷めるまで、あなたは宮中から離れておいたほうがいいでしょう」

「わたしを追い出すおつもりですか……!」

陽羽の大きな目に涙がぶわりと湧《わ》いて出た。一度、堰《せき》を切ってしまうともう止まらない。大泣きを始めた姪に、讃岐もさすがに気の毒に感じたか、少しだけ口調をやわらげた。

「そうは言ってません。ひとたび宮中を離れ、皆の関心が薄れた頃に戻ればよいのです。ただし」

安心しかけた陽羽は、讃岐の「ただし」でまた身を引き締めた。案の定、その次には厳しいお達しが待っていた。

「その間、あなたの身柄はきちんと教育してくださるかたに託そうと思います」

「教育、ですか」

「ええ。前からどうかと考えてはいたのですが、今夜の一件でそうすべきだと気持ちが固まりました。八条院《はちじょういん》さまと呼ばれるかたを存じていますか、陽羽?」

いいえ、と陽羽は首を横に振った。

「八条院さまは法皇さまの妹君で、その呼び名のとおり、洛中《らくちゅう》の八条に居を構えていらっしゃる女院《にょいん》さまです」

女院とは、上皇(院)に準ずる待遇を得ている女性を指す。皇太后《こうたいごう》や皇后《こうごう》、内親王《ないしんのう》や女御《にょうご》といった高貴な女性にしか許されていない格式の高い称号だ。ちなみに現行の上皇はすでに出家をしているため、法皇と呼ばれていた。

「未婚の内親王で、院号を賜《たまわ》った八条院さまは、お父上の鳥羽院《とばいん》に溺愛《できあい》されて、数多の所領を相続された裕福なおかた。その莫大《ばくだい》な財に支えられ、皇族に連なる子女を幾人も引き取り、ご自身のお邸《やしき》、八条御所に住まわせているのです。あの以仁王さまも、かの邸で八条院さまの猶子《ゆうし》としてお育ちになりました」

猶子とは養子のことだ。必ずしも相続を伴うとは限らず、家同士の繋《つな》がりというよりも個人の繋がりで結ぶ私的な間柄で、場合によっては相続も発生する。

もっとも、以仁王は宇治での合戦で平家勢に敗死しているため、なおさら相続とは関係ないのだが。

「なるほど……」

と、陽羽は理解したふりをしてうなずいた。

内裏《だいり》では、帝を頂点に彼の複数の妃たちが暮らしている。それと似たようなもので、上皇にも匹敵する偉い女人が、複数の猶子に囲まれてのんびり暮らしているのだろうなと、とても大雑把に想像する。

「いま、八条御所には、数代前の賀茂《かも》の斎院《さいいん》を務められたかたがいらっしゃいます。御名は式子内親王《のりこないしんのう》さま。お年は三十の後半になりましょうか。元賀茂の斎院、神に仕えし斎《いつき》の宮というだけでも畏《おそ》れ多いのに、歌の才にも優れた素晴らしいかたで。『魂《たま》の緒《を》よ絶えなば絶えねながらへば忍ぶることの弱りもぞする』と言えば……あなたにもわかりましょう」

残念ながら陽羽にはわからなかった。そう言うとまた叱られそうで、曖昧《あいまい》にうなずく。もっとも、すぐに讃岐が歌の解説をしてくれたので、ふりをする必要もなかったのだが。

「命よ、絶えるならば絶えてしまえ。生き永らえれば、いずれこの恋を隠すことができなくなって世間に知れ渡ってしまいそうだから……。〈忍恋《しのぶこひ》〉の苦しさをこうも激しく詠《うた》われるとは。幼い頃に賀茂の斎院となられ、病《やまい》により退下《たいげ》されるまでの十年間、最も多感な時期に神に仕える斎姫《いつきひめ》として生きてこられたのにですよ。なんと豊かな感性でありましょうか」

讃岐は熱い口調で『魂の緒よ』の作者を褒《ほ》め称《たた》えた。讃岐自身、『わが袖は汐干《しほひ》に見えぬ沖の石の人こそ知らね乾く間もなし』の作者として知られ、〈沖の石の讃岐〉と呼ばれる名歌人だ。同じ和歌の道に励む者として、式子内親王に尊敬の念をいだいているのは間違いあるまい。

「そのかたに陽羽、あなたをお預けし、女房としての心構えはもちろん、和歌についてもじっくり仕込んでいただこうかと思います」

「じっくりと、ですか」

それはそれで大変そうだなと思わずにはいられない。御所の暮らしにようやく慣れてきたところなのに、また新しい場所へ移るというのも不安であった。

「わたしに務まりますでしょうか」

「やる前からそんな弱気でどうします」

「それはそうなのですが、中宮さまのおそばを離れるのも心配で」

姪の殊勝《しゅしょう》な言葉に、讃岐の表情がふっとなごんだ。

「それほどまでに中宮さまのことを思ってくれているのですね……」

改めて言われると、急に恥ずかしくなってくる。陽羽は意味もなく周囲を見廻し、それから遠慮がちにうなずいた。

中宮に仕えるようになって、月日そのものはまだ浅い。けれども、美しく優しい女主人の役に立ちたいと願う気持ちは本物だった。

「鵺もう現れなくなりました。おかげで、一時はすっかりおびえておられた主上《おかみ》も落ち着かれて、以前と変わりなく中宮さまと仲睦《なかむつ》まじくお過ごしですよ。なんの憂《うれ》いもないように思えますが？」

「ですよね……」

宮中に出没し、不気味な声を夜陰に響かせていた妖獣・鵺はもう現れない。半者の陽羽が射落としたせいだとされているが、彼女が射たのは宇治川上空を横切ろうとしていた川鵜《かわう》か何かだ。そもそも、鵺なる妖異《ようい》も人間による仕業《しわざ》であった。

鵺が現れるまでは、幼い帝は中宮が寝物語に語る怪異譚《かいいたん》に目を輝かせていた。もっともっととせがむ帝のために、藤壺の者たちは、少年が気に入りそうな、わくわくぞくぞくするような巷《ちまた》の噂話を掻《か》き集めてまわった。陽羽も半者ゆえの身軽さを利用して、噂の現場に実際に足を運んだものだった。

が、鵺の鳴き声が実際に御所に響き渡るようになって、帝はひどく怖がり、別の妃——乳母《めのと》の娘で、入内前からよく知っていた梅壺《うめつぼ》の女御ばかりを召すようになった。怖い話で帝の関心をひきつけていた中宮は、逆に遠ざけられてしまったのだ。

いまはもう讃岐の言うとおり、帝も鵺のことなどすっかり忘れ、以前のように中宮を召して、巷の怖い話、珍しい話をせがんでいる。おかげで藤壺の女房たちは再びネタ集めに奔走《ほんそう》するようになった。

同僚たちとネタかぶりが発生することも多い。もっと活動の場を広げれば、集める話もまた違ってくるかもと、陽羽は腕組みをしながら考えた。

「八条院で噂集めに励んでみますか……」

「それもいいでしょう。ですが、本来の目的は女房としての嗜《たしな》みを身に付けることですからね。ゆめゆめ忘れぬように」

「はい、叔母——讃岐さま」

言い直し、改めて頭を下げた陽羽に、讃岐も満足そうな笑みを向けた。

時にはきつい物言いもする怖い叔母だが、それも姪のためを思ってのこと。そうと知っているだけに、陽羽はなおさら讃岐に頭が上がらなかった。


数日後、陽羽はさっそく八条御所へと送り出された。

場所を知っている舎人《とねり》に同行してもらい、たどり着いたのは、高い築地塀《ついじべい》に囲まれた広大な邸宅だった。

(御所と名がつくだけのことはあるわ……)

ある程度の予想はしていたものの、それ以上に延々続く築地塀の長さや門構えの見事さに圧倒され、ここでうまくやっていけるのだろうかと、陽羽はいまさらながら不安になった。さらに追い打ちをかけるように舎人が、

「では、わたしはこれで」

そう言って、門前で取り次ぎに出た家人《けにん》に陽羽を託すや、さっさと立ち去ってしまう。それまでは陽羽も新天地への期待と昂揚感《こうようかん》を胸に抱いていたのだが、途端に心細さがそれを上まわっていく。

固まる陽羽を、取り次ぎの家人が「さあさあ、こちらだよ」と促《うなが》した。ここまで来ておいて藤壺に引き返すわけにもいかない。紹介状をきつく握りしめ、陽羽は肩をいからせ、家人のあとに続いた。

八条御所はこの時代の貴族の邸宅の例に洩《も》れず、寝殿造《しんでんづく》りと呼ばれる建築様式に沿って建てられていた。南側には池を有した大きな庭が広がり、主屋《おもや》となる寝殿を中心に、対屋《たいのや》と呼ばれる副屋が北と東西にそれぞれ設けられ、渡殿《わたどの》で結ばれている。

陽羽が通されたのは東の対だった。門をくぐって殿舎に近づいていたときからすでに、東の対からはにぎやかな笑い声が聞こえていた。しかも、小さな子供の甲高《かんだか》い声も混じっている。

おや、と陽羽は少々いぶかしんだ。

式子内親王——斎院の宮と呼ばれるかのかたは教養高く物静かな貴婦人で、そのお住まいは常に清浄、斎院御所そのままに奥ゆかしい。くれぐれも、宮さまの平穏なお時間を乱すようなことがあってはなりませんよと、叔母の讃岐にくどいほど念を押されてきたのだ。

なのに、平穏どころか、ドタバタと走りまわる足音が聞こえてくる。簀子縁にかかった階《きざはし》は落ち葉だらけ、格子戸の隙間《すきま》にはほこりが吹きだまっていて、お世辞にも清浄とは言い難《がた》い。

（まあ、でも、噂と実情が違うのはよくあることで……）

少々がっかりしつつも、陽羽はそう自分に言い聞かせる。

東の対の簀子縁にあがると、家人が屋内の廂の間にむかって声をかけてくれた。

「失礼します。こちらに新しく入るという女童をお連れしましたが」

「ああ、はいはい」

額《ひたい》に汗をかきかき、年かさの女房が蔀戸《しとみど》の間から顔を出した。

「来るのはまだ先だったように思っていたけれど、ちょうどよかったわ。童たちの遊び相手をしてちょうだいな」

「童たち？」

未婚の内親王のはずなのに、まさか御子《おこ》が？　と、陽羽は愕然《がくぜん》とした。

「あの、こちらは本当に……」

斎院の宮さまのお住まいですかと訊く前に、女房が陽羽の後方に目をやり、「あら、まあ」と声をあげた。振り返ると、寝殿のほうから数人が渡殿を通ってこちらへやってこようとしていた。

全員が女性。小袿《こうちぎ》をまとった貴婦人とそのお付きの女房たちといったところだろうか。陽羽の対応をしてくれていた女房は、たちまち奥に引っこんでしまった。家人は庭先に片膝《かたひざ》をついて畏《かしこ》まっている。小袿姿の貴婦人が現れたからに違いない。

もしかして、あれが斎院の宮さま——と陽羽は思ったが。それにしては貴婦人の年齢が行き過ぎていた。式子内親王の歳《とし》は三十の後半と聞いていたのに、叔母の讃岐よりも年上、五十は確実に越えていそうだ。恰幅《かっぷく》がよく、少し怖そうにも見えた。

これはどういうことだろうと陽羽は混乱し、貴婦人をまじまじと凝視する。その態度が気に障《さわ》ったのだろう、お付きの女房のひとりが陽羽をじろりと睨んだ。

「これ、そこの女童。新参か。畏れ多くも女院さまをかように無遠慮に見るでない」

「にょ、女院さま?」

では、この女人が八条御所の女主人、八条の女院さまだったのかと判明した瞬間、陽羽は身震いした。

上皇と同様の待遇を受ける女院。それも、治天《ちてん》の君《きみ》たる法皇の、腹違いの妹君。まさに雲の上の存在だ。八条御所に行けば、いつかお目通りが叶《かな》うかもとは思っていたが、まさかこれほど早く実現するとは。

「こ、これは……、失礼をいたしました！」

陽羽はその場に這いつくばり、ずりずりと後退した。誰からも引き止められはしなかった。陽羽など、最初から女院の眼中にはなかったのだろう。子供たちがはしゃぐ声も途切れずに続いている。

「あっ、女院さま！」

「女院さま、女院さま」

子供たちがわっと女院のまわりに集まっていくのが、見ずともわかった。

いまのうちだと陽羽は簀子縁の角までさがり、柱の裏に廻る。ここまで来れば大丈夫と顔を上げ、大きく息をついた。

「よかった……。お歳を詐称されていたわけではなかったのね……」

さてどうしようかと考えていると、頭上から声が降ってきた。

「あなた、どこの女童？」

振り仰ぐと、窓からまた別の女房が顔を出し、陽羽を見下ろしている。

「あ、宮中から参りました。藤壺の中宮さまにお仕えする讃岐さまのご紹介で」

「では、斎院の宮さまの？」

そうです、そうです、と連呼すると、

「だったら、ここじゃないわ。北の対よ」

やはり間違いだったのかと知って、陽羽は胸をなでおろした。

「そうですか……。ありがとうございます……」

安堵したと同時に、頭がちゃんと廻るようにもなり、

「そういえば、こちらでは皇家に連なる子女を幾人かお世話されていると聞き及びましたが、あの童たちがもしや」

「ええ、そうよ」

首をのばして室内を覗くと、女院は子供たちに囲まれて相好《そうごう》を崩していた。そのまわりには、雛遊《ひいなあそ》びの人形や貝合わせに使う貝などが散らばっている。雑然としているものの、幸せそうな絵柄ではある。複数の女房を引き連れ、渡殿を通る姿を見かけたときは怖そうな印象を女院にいだいたが、いろいろ知ってしまうと情の深い女人に思えてくるから不思議だ。

「もともと子供好きでいらしたみたいよ。昔から、御猶子を引き取ってこちらでお育てしていらしたし。でも、女院さまのいちばんのお気に入りは西の……」

話の途中で、女房は唐突《とうとつ》に自分の口を押さえた。

「とにかく、斎院の宮さまはこちらではなく、北の対にいらっしゃいますから」

「あ、はい。教えてくださってありがとうございました」

礼を言って、陽羽は柱の陰から出ると、まだ庭先でうろうろしていた家人に声をかけた。

「すみません。ここじゃなくて、北の対に連れて行ってください。わたし、斎院の宮さまにお逢《あ》いしに来たんです」

ほら、と紹介状を突きつけるが、家人はそれを見ないうちから、

「ああ、はいはい。じゃあ、こちらへ」

と手招きして歩き出す。今度こそ、斎院の宮さまにお逢いできますようにと願いつつ、陽羽は急いで彼のあとを追いかけていった。

二

あはでこの世を

一段高い母屋《もや》に座した女人の姿が、御簾《みす》越しにうっすらと浮かびあがる。まだ昼間ではあるが、外の陽射《ひざ》しも部屋の奥にまでは届かず、彼女が身にまとう装束の色も目視できない。

そのような相手と、左近衛権少将《さこのえのごんのしょうしょう》、御子左希家《みこひだりまれいえ》は御簾を隔《へだ》てて語らっていた。

御子左とはなかなか珍しい名字だが、先祖が皇家出身――すなわち御子――の左大臣の邸宅を譲り受けて住んだためにそう呼ばれたわけで、実際は藤原家の分家すじ。摂関政治の頂点を極めた、かの藤原道長《ふじわらのみちなが》の六男・長家《ながいえ》の子孫に当たる。

道長の血統といえば聞こえもよかろう。が、六男坊ともなると、上の兄たちに大臣の位を独占されてしまい、長家は権大納言《ごんだいなごん》で終わってしまった。その子孫たる御子左家は、けして格の高い家とはいえない。高い地位は望めず、朝廷の公務のほかに、本家ともいうべき氏長者《うじのちょうじゃ》の摂関家や内親王の家司《けいし》（貴族の家の家政を担う者）を務めて糊口《ここう》をしのいでいる。

しかも時代は武士が台頭し、朝廷や貴族の勢力が目に見えて衰えてきた頃だ。こんな時代に家を継続させていくのは容易ではない。そこで御子左家は和歌の家として生き延びる道を選んだ。

希家がここを訪れたのは、御簾のむこうにいる女人の家司として。また、名高き歌人たる父の名代《みょうだい》としてでもあった。

「宮さまにお渡しするようにと、父から預かってまいりました歌集でございます」

そう言いながら希家が書籍を取り出すと、部屋に控えていた女房たちの中からひとり、しずしずと進んできて、それを受け取った。御簾のむこう側の人影に取り次ぐためだ。この時代、身分のある女性は常に御簾の内に籠もり、家族以外の異性とは顔を合わせない、言葉も直接は交わさないのが通例であった。しかし——

「それから、これは先日、わたしがようやく手に入れたものなのですが」

希家はおもむろに告げて、脇に置いていた細長い包みを引き寄せた。中から彼が取り出したのは、鳥の尾羽根だった。長さは三尺（約九〇センチ）以上。赤みの強い褐色《かっしょく》の地に、濃い茶色の横縞《よこじま》模様が入っている。

「山鳥の尾でございます」

「まあっ……！」

御簾の内から感嘆の声が洩れた。端座していた人影は女房の取り次ぎを待たずに膝立《ひざだ》ちして、御簾を押しのける。通例とは反する行動だが、女房たちも特に驚きはしない。ほかの者ならともかく、希家に対しては最初こそ形ばかり、御簾を間に垂らすことがあっても、すぐに顔を合わせて親しく語り合うのが常だったからだ。

空薫物《そらだきもの》の雅《みやび》な芳香《ほうこう》を漂《ただよ》わせ、御簾の隙間から顔を覗かせたのは、三十そこそこと思《おぼ》しき上品な女人だった。実際は四十に近かったのだが、それよりもずっと若く見える。

蘇芳《すおう》（赤紫）と二藍《ふたあい》（青紫）を重ねた檜皮《ひわだ》の小袿をまとったそのひとは、ぽってりとした唇《くちびる》にやわらかな笑みを刷《は》き、艶《つや》のある声で詠った。

あしびきの山鳥の尾のしだり尾の
ながながし夜をひとりかもねむ

山鳥の尾のように長い夜を、わたしはまた独《ひと》りきりで寝るのでしょうか——と、独り寝の寂しさを詠じた古歌だ。伝説的歌人、柿本人麻呂《かきのもとのひとまろ》の作と伝えられている。

「どこでこれを？　狩りで？」

「いえ、寂漣《じゃくれん》兄上から譲り受けました」

「髪長《かみなが》の寂漣どのが？」

「庵《いおり》の近くで拾ったのだそうです。殺生《せっしょう》をして手に入れたわけではありませんので、ご安心を」

彼女――式子内親王《のりこないしんのう》は、幼少の頃から約十年間、賀茂の斎院を務めていた。伊勢《いせ》の斎宮《いつきのみや》とも並ぶ、聖なる姫君だったのだ。神に仕える身なれば、当然、殺生を忌《い》む。その点を配慮してくれたのだと知って、式子はいっそう嬉しそうに目を細めた。

ちなみに、斎院は神にはばかって仏道から距離を置くため、僧侶《そうりょ》のことも忌み言葉として〈髪長〉と呼ぶ。退下してもう二十年近く経つのに、式子はいまでも時折、昔の物言いを使うことがあった。一度、身に染《し》みついた習慣は、なかなか消えないものなのだろう。

「気を遣ってくれてありがとう、権少将。一度、見てみたかったのですよ。本物の山鳥の尾を。やっと願いが叶ったわ」

式子は山鳥の尾を裏返したり振ったり弾《はじ》いたりと、玩具《がんぐ》を与えられた童女《わらわめ》のように目を輝かせている。希家も持ってきた甲斐があったと喜んだ。たった一枚の鳥の尾羽根で、いい大人がふたりしてはしゃいでいるさまを、内親王付きの女房たちは見て見ぬふりをしている。

「そうだわ」

ふと、思い出したように式子は言った。

「では、次は難波潟《なにわがた》の葦《あし》を手に入れてきてくれますか? 『難波潟《なにはがた》短き葦のふしのまも』というように、難波潟の葦は本当に普通の葦よりも節《ふし》の間が短いのか、この目で確かめてみたいのですが」

「さすがは宮さま、よくぞそこに着目されました」

「もしや、権少将」

「はい。わたしも気になって難波潟まで赴《おもむ》いてまいりました」

「まあ」

式子は両手を合わせ、華やいだ声を放った。

「さすがですわね、権少将」

「いえいえ、それほどでも」

女房たちはついていけずに微妙な笑みを顔に貼《は》りつかせているが、希家たちは気にしていない。

「で、結果はいかが?」

「一日中、難波潟の葦原を歩きまわったのですが、残念ながらそれほど顕著な差は。むしろ、普通のものよりも節の間が長いように思われました」

予想外の答えに、「あらまあ、それは」と式子は目を瞠《みは》った。

「ですが、考えたのです。晩秋に刈り取ったあとに生《は》えてきた又生《またばえ》の葦ならば、当然、茎そのものが短いわけで、節の間も短くなり、辻褄《つじつま》は合うのではないかと」

「晩秋の葦。きっと、それですわ」

式子はしみじみと趣《おもむ》き深い声で詠《えい》じた。

難波潟　短き葦のふしのまも
あはでこの世をすぐしてよとや

難波潟に生える葦の間のような、ほんの短い間でさえ、逢わないでこの世をすごせと、あなたはおっしゃるのでしょうか——そんな意味の歌だ。

希家は式子の声に聞き惚《ほ》れ、葦の原にたたずむ彼女の姿を想像した。内親王である高貴な女性が、そんな寂しい地に立つことなどあり得ないとわかっていても、心に思い描く分には自由だ。

まるで彼のその想いが通じたかのように、式子が言う。

「そうね。秋だとすれば、この歌にこめられた寂寥《せきりょう》感がいっそう増しますものね。秋風吹く葦の原に、つれない恋人に翻弄《ほんろう》されて哀《かな》しくたたずむ女人の姿が見えてくるようですわ」

「宮さまにも見えますか、その光景が」

「ええ。この歌の作者は、多くの殿方と浮き名を流した宮廷女房の伊勢《いせ》。そう思うと、なおさら風に揺れる葦の寄る辺《よべ》なさが身に染みて」

「『短き節の間』も、『短き臥《ふ》し』と掛けて、短い逢瀬《おうせ》だったと自嘲《じちょう》しているようにも聞こえます」

「切ないことだわ」

口では切ないと言いつつ、ふたりはきゃっきゃと楽しげだった。

鳥の尾羽根だけでなく、葦の長さでもこれだけ盛りあがれる。黙って聞いていた女房も、さすがにあきれ顔を隠せない。

希家は好きな和歌の話を式子とできて、心のゆるみが生じていた。

「宮さまのご様子がいつもと変わらず安心いたしました」

と、うっかり洩らしてしまい、

「あら、何か心配になるようなことでもありましたの?」

実はこの間の帰り道、首なし武者と遭遇して――と打ち明けそうになり、希家は急いで言葉を呑みこんだ。

清浄な巫女《みこ》姫だった式子に聞かせていい話ではない気がしたのだ。それに、武者が出た場所はこの八条御所のすぐ近くだった。せっかく雅な話題を楽しんだあとに、不気味な怪異譚で式子を不安がらせたくはない。いずれ、どこからか彼女の耳に入るとしても、わざわざ自分がその役を担うことはないだろう。

「いえ、特には。ただ、このあたりも夜は何かと物騒《ぶっそう》でありますから」

自分の迂闊《うかつ》さを呪《のろ》いつつ、希家は下手な言い訳を口にした。もとより、おっとりした気質の式子はそれが言い訳とも知らず、

「大丈夫ですよ。権少将は昔から心配性ね」

希家を昔から知る内親王のまなざしは、実の姉以上に優しかった。

それからまた和歌の話を少しして、希家は式子の前から退出した。

(今日は、山鳥の尾を宮さまに喜んでいただけてよかった。寂漣兄上にも礼を言っておかなくては……)

尾羽根を渡したときの式子のほがらかな笑顔を思い返しつつ、希家は幸せな気分で八条御所の簀子縁を歩いていた。

彼女のもとに初めて伺候《しこう》したのは、希家がまだほんの童のときだった。

あれから十数年が経過したが、式子はほとんど変わっていない。すでにもう斎院の地位

からは退いているのに、彼女は浮世離れした不思議な空気を常にまとわせている。和歌に関することには異様に熱くなるのに、それ以外では慎《つつし》み深く、思慮深い。その差の激しさも、希家を魅了した。

（あのようなかたは、他《ほか》にどこにもいらっしゃらない……）

感慨にふけって、ひそやかに微笑む。そんな彼の後ろから、唐突に声がかかった。

「希家さま？　希家さまではありませんか」

振り返った希家は、庭先に十二、三歳ほどの女童が立っているのを見て、うわっと声をあげた。ここにいないはずの人物だったからだ。

「中宮《ちゅうぐう》さまのところの陽羽《ひわ》ではないか」

少し前、宮中を騒がせた鵺の一件。それにからんで、希家は陽羽とともに奔走した。結果、鵺は物の怪ではなく、何者かの仕業と判明したのだが、その事実を知る者は少ない。

「なぜ、いつから、この八条御所に」

「昨日からです。なぜかは話せば長くなりますが」

「短く頼む」

即座に要求されて、陽羽は困ったように眉尻《まゆじり》を下げた。

「……このたび、こちらにお住まいの式子内親王さまのところで女房修業をすることになったのです」

「宮さまのところで？　中宮さまの半者《はしたもの》だったはずが、またどうして」

「だから、話せば長くなりますってば」

「できるだけ短く」

「意外にせっかちなんですね」

陽羽はやれやれとこぼしつつ、八条御所に来ることになった顚末《てんまつ》をかいつまんで説明した。

「――なるほど。そこで相手をエイヤッと投げ飛ばしたわけか」

場面を想像し、希家は声に出して笑った。陽羽はむっとした顔になる。

「だって、仕方がないじゃありませんか。いきなり寝込みを襲われたなら、投げ飛ばしもしますとも」

「まあな。しかし、弓を使えるのは知っていたが、投げ技まで会得《えとく》しているとは」

「村の童たちと相撲《すもう》をよくやっておりましたから」

「さすがだな。いっそ、武芸で中宮さまにお仕えしたらどうだろう」

希家としては冗談のつもりだったのだが、陽羽は何度も首を縦に振った。

「本当にそうしたいです。叔母上にも言ったのですが、残念ながら聞き入れてはもらえませんでした」

「あの讃岐《さぬき》どのに本気でそんなことを頼みこんだのか」

「だって、言って通ればしめたものでしょう？」

大真面目に返されて、希家はまた笑い出しそうになった。

自分が直接、関わらないのであれば、陽羽の話は聞いていて楽しい。次は何をやらかしてくれるのかと、つい期待してしまう。おそらく、中宮さまも陽羽のこういうところがお気に召しているのだなと、希家は想像した。そして、讃岐は姪のこういうところに頭を悩ませているに違いない。

「叔母上からは、文の段階でやんわりと断りなさいと咎《とが》められました。でも、そのやんわり具合がどうにもつかめず……」

陽羽は讃岐の言うやんわりの具合を探るように、手を握ったり開いたりをくり返した。

この小さな手で、弓を引いたり、大の男を投げ飛ばしたりするのだから大したものだと、希家は感心する。いろいろと破天荒《はてんこう》ではあるが、悩みそのものは真剣なこともよくわかった。年長者として何か助言できればいいがと、希家も思考をめぐらせてみる。

「そうだな。女人の側からのうまい断りかたといえば――」

「うまい断りかたがあるのですか？」

陽羽は大きな目をさらに大きく見開いて、食らいついてきた。

「うん。その昔、わたしの曾祖父《そうそふ》が宮中に詰めていた夜のことだ。とある宮廷女房が『眠いわね。枕がないかしら』とつぶやいたのが聞こえたので、『これを枕に』と腕を御簾の下から差し入れたところ、その女房が歌を詠んだ」

春の夜の夢ばかりなる手枕《たまくら》に
かひなく立たむ名こそ惜しけれ

「春の夜の夢のような、はかない戯《たわむ》れの腕枕《うでまくら》をうっかり使ったりしては、つまらない噂が立ってしまって口惜《くちお》しいですわ、といった意味だな」

「また歌ですかぁ」

陽羽は大口をあけて不満たらたらの声をあげた。

「まあ、そう言うな。この歌の素晴らしさはな、『春の夜の夢』や『手枕』といった表現が、なんともあでやかな空気を醸《かも》し出している点だな。しかも『甲斐なく』と『腕《かいな》』とを掛けている。からかい半分に腕を差し出してきた男に、女房がこんな艶《つや》のある歌を咄嗟に詠んでかわすとは、見事としか言いようがあるまい。この当意即妙ぶりこそ、宮廷女房に求められているものではないのかな」

「無理を言わないでくださいよ。求めるものが多すぎますよ」

希家が熱く語れば語るほど、陽羽の表情がうんざりしたものになる。

「ああ、どこまで逃げても、わたしには歌がついてまわるのですね……」

「ひとかどの女房になりたいというのなら仕方があるまい。それとも、あきらめて田舎《いなか》に帰るか？」

「いえ、それはできません」

陽羽はきっぱりと首を横に振った。

「母はわたしを泣いて送り出してくれました。頼政公《よりまさこう》の名に恥じぬ、立派な貴婦人になるのですよと、何度も言っておりました。志なかばで帰るわけにはまいりません。とりあえず、わたしは斎院の宮さまのもとでがんばります」

ぐっと両の拳《こぶし》を握って、陽羽はがんばる気持ちを身体で表現する。

「うん、その意気だ」

「中宮さまのために、巷の噂話を集める仕事もありますし」

「まだそんなことをやっているのか」

「はい。鵼が出なくなって主上《おかみ》も落ち着かれ、以前のように怖い話や珍しい話を中宮さまにせがんでいらっしゃるのだそうです。藤壺の者は皆、噂話集めに必死で、ネタかぶりも多くなったので、ここはひとつ、宮中から離れて八条周辺で話を集めてみようかとも思いまして。権少将さまも何か知りませんか。誰かが殺されただとか、鬼が出たとか、蛇《じゃ》が出たとかいう話」

「そういう話なら――」

希家の脳裏《のうり》に、首なし武者の騎馬姿がありありと浮かんだ。

「あるんですね？」

陽羽が待っていましたとばかりに食いついてくる。

「ああ。つい何日か前、この八条御所に寄った帰り道に……」

式子にはできなかった首なし武者の話を、希家は陽羽に対してはためらいなく披露できた。好奇心旺盛《おうせい》な少女は、目撃者の証言を前のめりになって聞き入っている。こうも熱心に聞いてもらえると、語るほうも張り合いが出るというものだ。

「すごいです。さすが希家さま、なかなかのものをご覧になりましたね」

「望んだわけではなかったのだが」

「いえいえ。歌を詠まれるかたは、それだけ感性が優れていて怪異に遭遇しやすいと、きっとそういうことなのですよ」

うまく乗せられている気がしなくもなかったが、感性が優れていると言われて悪い気はしない。

「そ、そうかな？」

「はい、間違いありませんとも。ですから、また何かありましたら、どうぞよろしくお願いします」

陽羽は身体をふたつに折り曲げて、深々と頭を下げた。

なんにでも一所懸命になる子だな、と希家は陽羽の言動を面白がっていた。彼自身も傍《はた》から見れば大差はないのだが、人間誰しも自らについては冷静になれないもので、希家もご多分に洩れず、自分のこだわりようにはまったく気づいていなかった。

希家と別れたあと、陽羽はひとりで八条御所の庭の草むしりに励んでいた。

御所というだけあって、宮中ほどではないものの敷地《しきち》はかなり広い。南側の広大な庭はもちろん、対屋《たいのや》の間にも草木は繁《しげ》って、むしろうと思えば好きなだけむしれるほど大量の緑が続いている。

そんなことをしなくてもいいのにと式子は言ってくれたが、陽羽としては文机《ふづくえ》の前で歌の講義を受けるよりも、身体を動かしているほうが何倍も気が楽だったのだ。

（にしても、八条御所で権少将さまに逢えるなんてね）

呼びかけ、振り返ったときの希家の驚きようを思い出して、陽羽はくすっと笑った。宮中から移ってきたばかりで、心細くもあった。そんなときに見知った顔に出逢えたのだから、嬉しさもひとしおだ。

さらには新たな怪異譚を入手できた。馬に乗った首なし武者とは、見た目の迫力もばっちりだ。あとは武者の素性だのがわかって、話に深みを持たせられれば言うことはない。

（希家さまもまたいらっしゃるみたいだし、斎院の宮さまもお優しいかただったし、首なし武者の話も聞けたし、これは幸先《さいさき》いいかも。きっと、こちらの方角がわたしに合ってたんだわ）

この時代、赴く方角の吉凶占いは重要だった。陽羽も八条御所の方角が自分にとって吉か凶か、事前に占ったわけではなかったが、予想よりもいいことが続いたので、勝手にそう思うようにした。

ここでの暮らしに光明を見出し、気持ちも大きくなったところで、陽羽は中断させていた草むしりを再開させた。

八条御所は広い分、手が廻らないのか、庭の草木の世話などがあまり行き届いていないように見受けられた。歌は作れなくても、身体を動かすのが好きな陽羽は、ここでひとつ、役に立つところを示そうと草むしりに没頭する。

むしってむしって、そのままどんどん進んでいって。額に汗しつつ、陽羽は自分でも気づかぬうちにかなりの距離を踏破《とうは》していた。

さすがに疲れてきて、ふうと息をつく。と同時に、目の前に影が差した。誰かが陽羽の前に立ちふさがったのだ。

顔を上げた陽羽は、興味深そうにこちらを見下ろしている少女と真正面から目が合った。

歳はおそらく十七歳くらい。表も裏も紅色の唐撫子《からなでしこ》の袿《うちき》をまとい、じっとこちらをみつめている。目が合ってもそらそうとはしない。吸いこまれそうな黒い瞳《ひとみ》。顔立ちも装束の色合いに負けないくらい華やかだ。艶やかな黒髪は、夏の陽射しをはじいて金色の輪を作り出している。

陽羽は突然、目の前に現れた美少女に驚き、彼女の物怖《ものお》じしない視線に当惑した。唐突な登場といい、微動だにしない点といい、生きた人間ではなく、誰かが描いた絵姿が風に吹かれて落ちてきたかのようだった。

「あの……」

一向に動こうとしない彼女に、陽羽が話しかけようとしたそのとき、

「姫宮《ひめみや》さま」

少女のことをそう呼んで、背の高い女房と小柄な女房が西の対の奥から姿を現した。

（姫宮さま？）

宮というからには、目の前の少女は皇家の血を引く姫君か。

（では、このかたも八条の女院さまの御猶子《ごゆうし》？）

改めてあたりを見廻すと、陽羽はいつの間にか、式子の住む北の対を離れ、隣接する西の対の庭に入りこんでいた。

八条御所では、寝殿に女主人たる八条院が住み、北の対には式子が、東の対は中を細かく仕切って、八条御所の女房が高位の公家との間に儲《もう》けた子女などが幾人も養育されていた。ここに移って最初の日に、陽羽は間違えて東の対へと案内され、八条の女院が子らと戯れているのを目撃している。静かな北の対とはまるで違って、東の対はとにかくにぎやかだった。

女院さまには機会があればまたそのうちに、改めてご挨拶に行きましょうねと式子から言われていたが、西の対についてはまだ何も聞かされていなかった。

そういえば、女院さまのいちばんのお気に入りがどうとかって、東の対の女房が言いか

けていたわね、と陽羽は急に思い出した。

(では、このかたが女院さまのお気に入りの姫君？)

西の対には、東の対のようなにぎわいはない。つまり、式子のように、一棟丸ごとが彼女ひとりの住まいとしてあてられているのだろう。待遇としては、式子内親王に匹敵《ひってき》する。ひょっとしたら血すじも匹敵するかもしれない。

もしそうだとしたら、気安く口を利くのもためらわれた。どうしたものかと対応に困っているうちに、女房ふたりが陽羽たちのもとに駆け寄ってきた。

「こんなところにいらしたのですか」

小柄なほうが、陽羽をキッと睨みつける。まるで陽羽が大事な姫宮をかどわかそうとでもしたかのように。背の高いほうは黙って、姫宮をかばうように立つ。

どちらも陽羽に対して露骨に警戒している。少しでも不審な動きを見せようものなら、この場で斬り伏せられてしまいそうだ。もちろん、彼女たちは武器を携《たずさ》えてはいなかったので、あくまでも想像なのだが、それほど剣呑《けんのん》な気配を漂わせていた。

「おまえは？」

小柄な女房が居丈高《いたけだか》に問う。彼女の圧力にたじろぎながら陽羽は名乗った。

「あの……、陽羽と申します。このたび、斎院の宮さまにお仕えすることになりまして」

「斎院の宮さまの」

　小柄なほうは、じろじろと遠慮なしに陽羽の頭の先から足もとまで見廻した。どういう査定結果が下ったのかは定かではないが、あまり高評価は得られなかったのだろう。残念ながら、視線の厳しさに変化はなかった。

「宮さま付きの者が、どうしてここに」

「北の対の庭で草むしりをしていて、気がつけばここに……。どうやら、夢中になりすぎてしまったようです」

　陽羽が後ろを振り返ると、式子内親王の暮らす北の対から、草がむしられた跡がうねうねとした小道となって、彼女の足もとまで続いていた。まるで巨大な蛇が草を食《は》みつつ這ってきたかのようだ。

　陽羽の証言が真実である証拠――には違いないが、それがおかしかったのだろう。ぷっ、と姫宮が噴《ふ》き出した。ふたりの女はぎょっとした体で姫宮を振り向く。

　注目されても気にせずに、姫宮はけらけらと笑った。ふたりの女房はどちらもいたく戸《と》惑《まど》っている。

　しばし笑い続けて、目尻《めじり》に浮いた涙をぬぐいつつ、ようやく姫宮は笑い収めた。

「案ずるな、八重《やえ》、藤裏《ふじうら》」

姫宮はふたりの女房――小柄なほうが八重で、長身のほうが藤裏だろう――にそう告げた。

「この者と話していただけだ」

まだ話してなどいなかったが、説明するのも面倒で、そういうことにしたのだろう。

姫宮はぐっと陽羽に顔を近づけた。黒い鏡のような姫宮の瞳に、陽羽の顔が大映しになる。

「陽羽といったな」

「はい」

「ついでだ。この庭の草むしりもしてくれぬか？」

「あ、はい、喜んで」

陽羽は腕まくりをして、さっそく草むしりにとりかかった。頼まれたからといって、式子以外の者の言うことを聞く必要などない。が、陽羽自身がこの美姫《びき》が何者か知りたくなり、もう少し付き合う気になったのだ。

姫宮は対屋の階《きざはし》に腰掛け、そこから陽羽が作業する様子を眺《なが》めている。ふたりの女房も姫宮の近く、簀子縁に座している。まるで、姫をお守りしようと身構える二頭の番犬だ。

彼女たちの視線が気になったのは最初のうちだけで、陽羽はすぐに草むしりに熱中した。実にむしり甲斐のある庭なのだ。

穴掘り好きの野兎《のうさぎ》になった気分で、せっせと作業に勤しんでいた陽羽の手が、ふと止まった。草むらの中に、三つ、四つほど積みあげられた石をみつけたのだ。それも一基ではなく、似たようなものが二基並んでいる。

(何、これ?)

うっかりさわって、石を崩してはいけない気がして、陽羽はその周囲の草を残し、別の場所の草むしりを始めた。が、すぐにその作業も止まる。三基目の積み石をみつけてしまって。

「みつけたか」

陽羽のすぐ後ろから肩越しに積み石を覗きこんで、姫宮がつぶやく。彼女が近づいてきたことに気づかずにいた陽羽は、危うく飛びあがりそうになった。

「あの、これは……」

「わたしが作った」

陽羽の質問の先廻りをして、姫宮が応えた。

「草にうずもれてしまったのを残念に思っていた。見えるようになってよかった」

「――でしたら、このまわりの草を全部きれいに取り除きますね」

成り行き上、陽羽が請け負うと姫宮はうなずき、「頼む」と短く言って階に戻っていった。もとのようにそこにすわり、何が面白いのか、陽羽の動きをじっと観察している。

少々変わったお姫さまだったが、深窓《しんそう》の姫君とは元来そういう浮世離れしたものかもしれないと思いつつ、陽羽は草むしりを再開させた。

草むらの中から出てきた積み石は、全部で六基あった。対屋に対し、半円を成すように並んでいる。

（お墓みたい……）

陽羽がそう考えながら、積み石の列を眺めていると、姫宮が近づいてきて言った。

「去年、猫が対屋の床下で子を産んだ。が、どの子も翌日には死んでしまったので、墓を作った」

「もしかしてとは思ったんですが、やっぱりお墓だったんですか」

「そうとも。五匹産んで、五匹とも死んだ。母猫も弱っていて、すぐに死んでしまった。だから、墓は全部で六つ」

「数は合いますね……」

うなずきはしたものの、陽羽はどうにも違和感をおぼえずにはいられなかった。

死穢《しえ》を忌むこの時代にあって、住まいのすぐ近くに猫の死骸《しがい》を埋める感覚は、なかなか理解しにくい。たとえば、家から死人を出したくないとの理由で、まだ息のある病人を葬送地に放置することも、しばしば行われていたほどだったのだ。

が、この姫宮にとっては、穢《けが》れに触れる恐怖よりも、幸薄い猫たちを近くで弔《とむら》いたい気持ちのほうがまさったのだろう。そう考えると、陽羽はこの姫君のために及ばずながら何かしてあげたくなった。

「では、猫の親子のためにあの花を摘《つ》んできましょうか」

陽羽が指差したのは、庭に茂る大樹だった。その幹に蔓が這い登り、白い五弁の花を無数に咲かせている。地上には撫子《なでしこ》の花も咲いていたが、あの樹上の花を取ってきたら目の前の姫も驚くかもと、いたずら心が動いたのだ。

「あの花を?」

「はい。お任せくださいな」

陽羽は袖をまくりあげると、大樹にしがみつき、するすると登っていった。これには姫宮のみならず、傍観していたふたりの女房も驚く。

陽羽は得意になって、蔓の花をどんどん摘んでいった。花は甘くいい香りがした。

適当なところで木から降り、陽羽は摘んできた花を六等分して、それぞれの墓に供え、両手を合わせた。陽羽の行動を階からずっと眺めていた姫宮が、おもむろに立ちあがって陽羽の横に並び、いっしょになって猫の親子のために祈ってくれた。

「礼を言う。猫たちもきっと喜ぶであろう」

「だと嬉しいのですが」

「しかし、そなたは早う手を清めたほうがいい」

そう言うと、姫宮はくるりと背を向け、対屋へと戻っていった。さっそく、八重と藤裏が姫宮を迎え、裾のほこりをはらったりと甲斐甲斐しく世話を焼く。姫宮はそのまま黙って御簾の内に入ってしまい、夏の庭には陽羽だけが取り残された。

汗ばんだ身体をいたわるように、涼しい風が吹いてくる。

六基の墓のまわりはきれいに草が取り除かれた上、蔓の白い花が手向けられて、見た目にもすっきりした。が、

(庭を眺めたときに、お墓が六つ並んでいるのが見渡せるのは、どうなのかしら)

普通に考えれば、あまり気持ちのよいものではあるまい。それでも、かわいがっていた飼い猫となれば話は別なのだろう。

(あれ？　飼い猫とは言っていなかった？　でも、迷い猫なら、ここまではしないだろうし、愛想《あいそ》はなくても、きっと心根の優しいお姫さまなのよ。うん、きっとそう)

陽羽はひとりで納得し、庭伝いに式子のもとへと戻っていった。

北の対の庭に入ると、心配してくれていたのか、式子付きの女房がさっそく簀子縁まで出てきてくれた。

「まあ、どこへ行っていたの？　あなたの姿が見えないので宮さまが心配なさっていたわよ」

「わわ、すみません」

その会話が聞こえたのだろう。奥の御簾の内から、式子が「帰ってきたの、陽羽？」と呼びかける。

「はい。陽羽はただいま戻りました」

陽羽は急いで対屋に上がり、御簾の前で床に手をつき畏《かしこ》まった。

「申し訳ありません。お庭の草むしりをしておりましたらば、いつの間にやら隣の西の対のお庭に迷いこんでしまいまして」

「西の対の？」

式子の口調に微《かす》かながら戸惑いが混じった。そばにいた式子付きの女房たちの間にも、ちょっとした動揺が広がっていく。が、陽羽はそれに気づかず、

「はい。そこで、十七、八歳くらいのお美しい姫君とお逢いしました。そうしましたら、女房がふたり、ものすごい勢いで駆けつけてきて……」

説明しながら、陽羽は無意識に手の甲を掻いていた。片手だけでなく、両方の手が無性に痒《かゆ》くなってきたのだ。見れば、指先が特に赤くなっている。

式子も陽羽の手の赤みに気づいたようだった。御簾をめくって顔を出し、まあとつぶやく。

「どうしたの、それは？」

「わかりません。なんだか手が痒くなってきました」

「草にかぶれたのかしら。でも、この庭の手入れをしていて、そんなふうになったとは聞いたことがないわね……」

「あと、花摘みもしました。あちらの庭で猫のお墓をみつけたので、お供えの花にしようかと――」

「その白い花とは、もしかしてあの花かしら？」

式子がさらに身を乗り出し、庭の松の木を指差す。そこでも、西の対の庭で見たものと同じ蔓が幹を這い、白い花を数え切れないほど咲かせていた。

「ええ、そうです。あの花です」

式子の眉がきゅっとひそめられた。

「手折《たお》ったときに白い樹液が出なかった？　あれが手につくとかぶれるそうよ」

えっ、と陽羽は驚きの声をあげた。まわりの女房たちはひそひそと、

「まさか、わざと？」

「西の姫宮さまならあり得ますわよね。あのかたは昔から、何をなさるかわからないところがあって」

「何も知らない新参がおもちゃにされてしまったのね。気の毒に」

そんな会話が陽羽の耳にも聞こえてきて、なおさら呆然《ぼうぜん》とさせられてしまう。

「急いで手を洗っていらっしゃい」

式子に言われて、陽羽は大急ぎで井戸に走った。汲みあげた水で、とにかく手を洗いながら、姫宮にも「手を清めたほうがいい」と言われたのを思い出す。

（あのかたは、蔓の花を摘むと手がかぶれると知っていた……）

なのに、摘むのを止めなかった。警告する前に陽羽が木に登っていったので、教える暇がなかったのかもしれないが……。

しつこく手を洗っているうちに、痒みもだいぶひいてきた。このくらいでいいだろうと、陽羽は手を洗うのをやめて式子のもとへと戻る。

式子は廂まで出てきて、格子戸に手をかけ、蔓の白い花を見上げていた。

振り向いた式子の頬《ほお》に、午後のまぶしい陽射しが当たる。御簾の奥に籠もっている時間

は長いが、陽の光そのものを厭《いと》うているわけではなさそうだ。

「大丈夫だった？」

「はい。もうすっかり痒みもひきました」

「ならばよかった。あの蔓には樹液だけでなく、葉や茎にも毒があって、少量なら薬になるけれども大量に口にすると……命、にも関わると聞いたものだから」

命にも、と聞いて陽羽はぞっとした。

「そんな怖いものが、どうしてここに？」

「不用意に口にしたりしなければ障《さわ》りはないのよ。花はあの通り美しいし、香りもいいし。まさか、わざわざ木登りをしてあれを摘もうとする女童がいるとは思わなかったから」

「すみません……」

急に恥ずかしくなって縮こまった陽羽に、式子は穏《おだ》やかに微笑みかけた。

「讃岐どのから聞いてはいたけれど、本当に元気な子なのね」

「ご心配をおかけしまして、まことに申し訳……」

「謝ることはないわ。普通に歌を教えるよりもずっと楽しくてよ」

式子が慰《なぐさ》めるように、陽羽の手にそっと触れる。労働を知らない内親王のたおやかな指は、ひんやりとして心地よかった。

「それで、西の対の姫宮とは何を話したの?」

「それほど長く話したわけでは。庭にありました六つのお墓の由来を聞いたぐらいです」

「六つの壌《つちくれ》……」

首を傾《かし》げた陽羽に「忌み言葉よ」と式子は端的に告げた。

賀茂の斎院は伊勢の斎宮と同様、仏道や死や病苦にまつわる言葉を忌み、墓を『壌』、血を『汗《あせ》』、死ぬことを『治《なお》る』と称す。そこまでは陽羽も知らなかったが、壌が墓を指すことは理解できた。

「うかがってもよろしいですか。あのかたはどういうおかたなのでしょうか」

「以仁王《もちひとおう》の忘れ形見よ」

「以仁王さまって……」

その名に敏感に反応した陽羽に、式子はうなずき返す。

十年前、現法皇の子息、以仁王は平家討伐の令旨を出し、諸国の源氏に挙兵を促した。それに呼応して兵を出したのが、陽羽の祖父の源頼政、そして木曾義仲だった。しかし、以仁王と頼政は宇治川の戦で敗死している。

陽羽の祖父や父親が命を落とした戦で、あの姫宮の父も亡くなっている。そう思うと、陽羽は奇妙な縁《えにし》を感じずにはいられなかった。

「以仁王は八条院さまの猶子で、この八条御所で育てられたの。その縁あって、以仁王は八条御所の女房との間に一男一女を儲けられた。戦のあと、兄君のほうは無理やり出家をさせられたけれども、妹姫は八条御所にとどまって、八条院さまにそれはそれは大切に育てられているの。きっと八条院さまにとっては孫娘のように思えているのでしょうね」

「そうだったのですか……」

「以仁王はわたしの同母弟でもあるわ」

「では」

「そう。西の対の姫宮はわたしの姪になるわね。こんなに近くに住みながら、顔を合わせる機会もほとんどないのだけれど」

「ないのですか？」

「ええ。時折、文を差しあげても返事があるとは限らないし、あっても素っ気《そけ》ない型どおりの文で。難しいかただと聞いてはいたから、気にはしていないけれど。父君のこともありますもの、難しくもなりましょう」

「ですよね……」

「十年前、わたしの弟は戦に臨んだ結果、頼政公とともに宇治で敗れ、その首を――」

かつての斎姫は、死にまつわる事象をどう説明したものかと迷う素振りを見せた。陽羽が急いで、

「首を落とされたのですか？」

と訊くと、式子は痛ましげにまつげを震わせてうなずいた。

「でもね、あの頃はそれが本人のものと判ずるのさえ難しく、以仁王は実は生きているのではないかとの噂がしばらく世を騒がせたの。実際にそう名乗る者さえも現れて。結局、贋者《にせもの》だったのだけれど」

「そうだったんですか……」

戦で敗れた側が、じつは生き延びているのではないかとささやかれ、やがて伝説となることは多い。源義経なども、その例のひとつだ。

以仁王の場合は、伝説になる前に生存を否定されてしまった。そんな経緯があったのならば、西の姫宮が難しい姫になっても不思議ではない。陽羽は姫宮の吸いこまれそうな黒い瞳や、淡々とした物言いを思い返して、なるほどと思った。

「また姫宮と逢う機会があったら、ぜひとも仲よくしてあげてね。あなたのような明るい話し相手ができれば、きっと姫宮の慰めにもなりましょう。いろいろ大変かもしれないけれど、そこはどうか目をつぶって欲しいの」

父親の死で心に傷を負った結果、猫の墓を庭に六つも作ったり、蔓の花を摘めばかぶれると教えてくれなかったりする姫君。確かに彼女の相手は容易ではあるまい。だが、式子内親王のような人物から「どうかお願い」と頼まれれば、とても拒《こば》めない。

それに、頼政公とともに散った以仁王の娘ならば、陽羽とまるで無縁なわけでもなかった。そのあたりを足がかりに、もしかしたら姫宮と仲よくなれるかもしれないのだ。

陽羽は微かな希望の光をつかむように両の拳をぐっと握り締め、

「はい。この陽羽、及ばずながらがんばります」

鼻息荒く前向きに応えれば、「頼もしいわ」と式子は言ってくれた。

その夜、陽羽は夢を見た。

夢の中で、彼女はいつの間にか西の対の庭に迷いこんでいた。

夏の陽射しが降り注ぐ庭には、樹上に蔓の花が、地上には撫子の花が咲き、陽羽以外に誰もいない。以仁王の姫宮も、姫宮付きの女房もだ。西の対自体、まったくの無人かと疑いたくなるほど静まり返っている。

西の対ばかりではなかった。渡殿《わたどの》で繋がれている北の対も寝殿も、どこもそうだ。ひとの気配がまるでしない。蟬《せみ》の声も鳥のさえずりもなく、世界は完全に沈黙している。

これだけの大邸宅が無人になるなど、あるはずもない。そもそも、生命で満ちあふれる夏の真昼が完全な無音になることもあるまい。だから、これは夢だと陽羽にはすんなりと理解ができた。むしろ、

(夢なら、ちょうどいいわ。西の対にこっそり上がりこんで、姫宮さまがどういう暮らしをしているのか覗いてみようかな)

と、讃岐が聞いたら目くじらを立てそうなことを思いつく。

さっそく、陽羽は対屋の階をのぼっていこうとした。だが、最初の段に足をかけてすぐに、背後からカタカタと物音が聞こえてきた。

何事かと振り返り、庭を見渡す。音の出処《でどころ》はすぐに判明した。六基の積み石が小刻みに揺れて、カタカタと音をたてていたのだ。

それほど強い風が吹いているわけでもない。地中にひそむ土竜《もぐら》が悪さをしているのかもしれないが、にしても六基全部を同時に揺らすのは不可能だろう。もし、そんなことができるモノがいるとしたら——それは物の怪といっても差し支えあるまい。

陽羽は顔を強《こわ》ばらせて固まった。墓に駆け寄るべきか、この場から逃げ出すべきか決めかねていると、積み石が次々と崩れ始めた。

重しのなくなった土は、ぼこっ、ぼこっとへこんでいく。六つ全部の墓が崩れ、地表に穿《うが》たれた六つの穴の中からは、みにゃあ、みにゃあと子猫の鳴き声が聞こえてきた。まるで、死んだ猫たちがなんとかして現世に戻ろうとあがいているかのようだ。

「駄目よ、駄目」

思わず声が出た。と同時に、固まっていた身体も自由を取り戻す。陽羽は急いで階を降り、墓のすぐそばまで駆け寄った。

六つの墓穴からは、それぞれ真っ黒い不定形な何かが、みにゃあ、みにゃあと鳴きながら這い出てこようとしていた。鳴き声以外に猫らしい点はないが、死んでしまった猫の霊に間違いないと陽羽は思った。

「お願い、鎮《しず》まって。お願いだから」

六つの黒いモノたちに彼女は必死に訴えた。だが、相手は聞き入れず、鳴き続けている。むしろ、鳴き声はますます大きくなっていく。

陽羽もさすがに身の危険を感じ始めた。遅ればせながら、北の対へ逃げ戻ろうとしたのだが、それより早く、カツ、カツ、カツと馬の蹄の音が響いてくる。

前栽《せんざい》を軽々と跳び越えて、たくましい葦毛の馬が乱入してきた。その背にまたがるのは、赤地の錦《にしき》の直垂《ひたたれ》に唐綾威《からあやおどし》の鎧を身に着けた、首なしの武者だ。大太刀を腰に佩《は》き、背には鷲《わし》の尾羽根を用いた石打の矢を負い、重籐弓《しげどうゆみ》を携えている。希家が言っていた首なし武者に相違あるまい。

陽羽も恐怖を感じた。だが、どうせこれは夢だとの認識から、彼女は大胆にも首なし武者に問いかけた。

「あ、あなたは誰？」

首なし武者は庭の真ん中で馬を止め、じっと動かない。その体軀《たいく》、鎧や武具の拵《こしら》えの見事さからも、名のある武将だと見受けられるのだが、人相も不明、しゃべりもしない、旗印もないでは、素性を探りようがない。

そのとき、陽羽の頭に閃《ひらめ》いたのは、以仁王のことだった。

ここは、かのひとの忘れ形見の姫が住まう場所。そして、以仁王は戦に敗れ、首を斬り落とされている。

（もしかして、姫宮さまの父上が娘御の身を案じられて――）

そうなのですか、と問おうとした寸前、足がびくんと引き攣った。

あ、と思った次の瞬間には、陽羽は真昼の庭から真夜中の臥所《ふしど》へと、一気に引き戻されていた。

場面転換があまりに急すぎて頭がついていけず、暗闇の中で目をいっぱいに見開く。心の臓は全力で走ったときのように激しく脈打っている。

（ここは藤壺《ふじつぼ》……ではなくて、八条御所の北の対……）

はずむ胸に手を置き、心の臓が落ち着くのを待ちながら、陽羽は頭の中で夢の内容を反《はん》芻《すう》した。

西の対の庭が夢の舞台だったのは、昼間の姫宮との邂逅《かいこう》が印象強かったからに違いない。唐綾威をまとった首なし武者が登場したのは、希家からもたらされた情報のせいだ。いまのところ、そのふたつに関連性はとぼしい。

（でも、もしかして……首なし武者が以仁王さまの霊だったら？　だって、以仁王さまは首を落とされたというし、忘れ形見の姫宮が心配で八条御所の周辺に出没しているのだと考えても不自然ではないわ。猫の墓はまた別件と考えるとして、これはひょっとしたら、大ネタを拾えたのかもしれない……。でも、首なしの亡霊は、主上にはちょっと刺激が強すぎるかな……）

中宮のもとに持ちこむ話として適切かどうか。自身の恐怖心は脇に押しやって、陽羽は真剣に検討し始めていた。

燈台の明かりのもと、美しく彩色された絵巻物が幾つも広げられている。

瓜《うり》ざね顔の公達が可憐《かれん》な姫君のもとに通う恋物語もあれば、山伏《やまぶし》に身をやつした武士たちが鬼退治に向かう物語もある。百年を経《へ》て魂を得た器物の物の怪たちが、人間相手に悪《わる》巧《だく》みをする物語など、とにかくさまざまだ。

中宮は複数の絵巻物を前にして考えこんでいた。

幼い帝に楽しんでもらうには、叙情的な恋物語よりも、勇ましい鬼退治のほうがいいかもしれない。しかし、あまりに血腥《ちなまぐさ》い絵だと、せっかく落ち着いてきた帝がまた情緒不安定になりかねない。そうすると、まだ滑稽《こっけい》味のある絵柄のほうがいいだろう。それとも、これでもまだ怖いと思われてしまうだろうか……。

「陽羽、あなたもこちらに来て絵巻物を選ん——」

言いかけ、中宮は顔を上げて周囲を見廻した。居並ぶ女房たちの中に、あの元気な女童の姿はない。

「そうだったわ。陽羽はいないのだったわね」

「はい、中宮さま」

と、数多いる女房の中から讃岐が応えて、慎ましやかに頭を下げた。

姪をしばらく女房修業に出したいとの申し出に、中宮は最初、「そこまでする必要があるのかしら」と難色を示した。しかし、讃岐の決意は固かった。

「半者から女房へと格上げするには、やはりそれなりの教養が必要でございましょう。わたくしが教えるつもりでおりましたが、身内となるとどうしても加減が難しく、思うようにいきません。また、宇治での一件以来、あの子の身のまわりが俄然《がぜん》騒がしくなりました。殿方のお誘いなど適当にお断りすればよいものを、あの子はうまいあしらいかたを知らず、その結果、昨夜のごとき騒ぎとなりました。このままでは、藤壺全体の風紀の乱れにも繋がりましょう。つきましては、しばらく陽羽を宮中から遠ざけ、八条御所の斎院の宮さまのもとにお預けしたく。かの宮さまは歌人としても優れ、また賀茂の斎院として十余年をお過ごしになられたかた。八条御所では常に人手が足らぬそうですし、陽羽にとっても斎院の宮さまにとっても悪い話ではないと存じます」

十代の頃から宮廷女房として活躍してきた讃岐に、かように滔々《とうとう》と述べられては、中宮といえども反論は難しい。

かくして、陽羽は宮中の藤壺から、八条御所へと移っていった。とりあえず、ひと月という話だったが、女房修業の成果いかんによっては長くも短くもなりそうだ。

「陽羽がいないのは寂しいけれど仕方がないわ」

姪が想像以上に中宮に求められていたと知って、讃岐の表情も少しなごむ。

「歌が詠めるようになりましたらば、すぐにも戻ってまいりますとも」

「そうね。きっとまばゆいほどの貴婦人になって戻ってくるわね」

「……なってくれればありがたいのですが」

その先を言うのは控えた讃岐だったが、さすがに難しかろうと下がった眉が物語っている。中宮はくすくすと笑った。

「陽羽も大変ね。叔母上の期待が大きくて」

そうは言いつつも、中宮は内心では陽羽をうらやましがっていた。

ヒワとは小鳥の名前だ。雀《すずめ》よりも小さく、非常にか弱い鳥だと言われているが、それでももちろん大空を自由に羽ばたく翼を持っている。

女童の陽羽も、普通の宮廷女房にはない行動力とたくましさで、宮中のみならず夜の町中をも飛びまわり、いろいろな噂話を拾い集めてきてくれた。八条御所でも、きっと元気にやっているだろう。珍しい話、わくわくする話、あっと驚くような話を両手いっぱいに抱えて、戻ってくるに違いない。

あの天真爛漫《てんしんらんまん》さが自分にもあったならと、中宮は考えずにいられなかった。ただの、ないものねだりにすぎないとわかっていてもだ。摂関家の姫としてこの世に生を受けたその日から、為《な》すべきことは決められていた。ほかの生きかたなど選択できるはずもなかったから、なおさら――

「中宮さま。そろそろ、お支度《したく》を」

女房に言われ、そうねと応えて中宮は身を起こした。

すかさず幾人もの女房が中宮を取り囲み、彼女の身支度を調《ととの》える。

「絵巻物はどうなさいますか？」

と女房のひとりが尋ねた。

「とりあえず、それとそれを」

中宮の指示通り、二本の巻物が選ばれて盆に載せられる。

完璧《かんぺき》に支度を調えた中宮は、数人の女房を伴い、帝の居住する清涼殿《せいりょうでん》へ渡っていった。

「待ちかねたぞ、中宮」

夜《よる》の御殿《おとど》と呼ばれる寝室で、年上の妃と対面した十一歳の帝は、包み隠さず喜びを表した。中宮も年下の夫に慎ましやかに微笑み返す。

「本日は、主上《おかみ》のお気に召しそうな絵巻物を携えてまいりました」

「うん。絵巻もよいが、今宵《こよい》もまた中宮の語る話が聞きたい」

「まあ……」

嬉しいこと、と中宮は顔をほころばせた。

「では、何をお話ししましょうか。少し不思議な話、のほうがよろしいですか?」

「ものすごく不思議でも構わないぞ」

鴇が御所を騒がせていた時分は大層怖がっていたくせに、それをなかったことにしたいのか、帝はわかりやすい虚勢を張ってみせた。そんな、いかにも子供らしいところが、中宮にはかわいらしく見える。

いまはまだ、帝が幼すぎて本当の夫婦にはなり得ていないが、こうしてともにすごす時間を増やし、絆《きずな》を深めていけば、いずれ自然とそういった間柄になっていくだろう。そうでなくてはならないのだ、自分が愛する夫はこの少年ただひとりなのだと、中宮は強く自分に言い聞かせた。

なのに、そうしている傍《そば》から違う男性の姿が心に浮かぶ。そのひとは墨染めの衣をまとった出家の身だった。歌道について丁寧に教えてくれるものの、心の内を絶対に見せてはくれない。一度だけ、唇を重ねたことはあったが、それも何ゆえだったのか。ただの気まぐれだったのか、そもそも現実の出来事だったのかさえ疑わしくなってくる。

(寂漣さまはなぜ……)

心に浮かぶ面影《おもかげ》に気をとられていると、

「中宮?」

帝に呼びかけられ、中宮はハッと我に返った。

「申し訳ありません。いろいろな話が思い浮かんで、なかなかひとつに決められなかったものですから」

「そんなにいろいろ？」

「はい。いろいろですわよ」

中宮は本心を包み隠して、少年の好奇心を煽《あお》る。興味半分、怖い半分で、そわそわしている幼い帝を愛《いと》おしいと感じるのも、また本心ではあったのだが。

だからもう、別の誰かの面影を追うのはやめよう。いくら想ったところで、あのひとは何も応えてはくれないのだから。

――と、今宵もまた、中宮は重ねて自分に言い聞かせていた。

三

君待つと

都の西、嵯峨野《さがの》の一角に、寂蓮《じゃくれん》はつましい庵《いおり》を建ててひとりで暮らしていた。

まだ幼い頃に父を亡くし、彼は叔父《おじ》の御子左《みこひだり》春成《しゅんぜい》にひきとられた。春成には女児は多くいたが男児にまだ恵まれておらず、自らの後継者として甥《おい》を育てたのだ。

御子左家は歌道の家。寂蓮も当然、歌人として名を上げるべく養父に学び、精進していった。そんな中、寂蓮が養子となってのちに、春成のところに長男、次男が誕生する。長男には幸か不幸か、歌詠みの才はなかった。そのことに寂蓮はひそかに安堵した。御子左家の後継者はやはり自分なのだと、誇らしくも思った。

ところが、次男は長男とは違い、成長するにつれて驚くべき才能を示していった。次男は——希家《まれいえ》はまぎれもなく天才だった。叙情的で優美な歌を次々と生み出していくさまを間近で見ていて、御子左家を継ぐのは希家以外にいないと寂蓮は痛感した。その上で、年上の養子である自分の存在は、希家が家督《かとく》を継ぐにあたって障害以外の何ものでもないと悟った。

だから、二十代の若さで世を棄てる決意をしたのだ。あのときの判断は正しかったといまも信じているし、後悔もない。俗世から距離を置く僧体となったからこそ、行動範囲も飛躍的に広がり、新たな方面の人脈も得た。それまでは養父が九条《くじょう》家に仕えていた関係上、親九条派との繋がりが深かったが、反九条派ともよしみを通じることができるようになったのだ。

そして、反九条派の中心たる人物、久我中納言《こがちゅうなごん》とも――

「すみませんが」

庭先から声をかけられ、文机《ふづくえ》に向かって物思いにふけっていた寂蓮はゆっくりと振り返った。

夏草の茂る庭に、折烏帽子《おりえぼし》と直垂《ひたたれ》を身に着けた男が立っている。身体つきはがっしりとしていて、ひと好きのする顔立ちに穏やかな笑みを浮かべている。寂蓮にとってはすでに幾度も会ったことのある相手だったが、男はそんな素振りはかけらも見せず、

「喉《のど》が渇いてしまって。水を一杯、いただけませんでしょうか」

たまたま立ち寄った体で、そんなことを言う。一度目のときも、二度目のときも、それ以降も、男の態度はずっとこうだった。寂蓮もその都度、相手の安い芝居に乗ってやる。いまもそうだ。

「どうぞ。そこに水甕《みずがめ》が置いてあります。好きなだけ、お飲みください」

「やれ、ありがたい」

男が水甕の蓋《ふた》をあけ、柄杓《ひしゃく》で汲んだ水を碗《わん》に移し、喉を鳴らしつつうまそうに飲んでいく。寂漣は世間話でもする感じで彼に訊いた。

「これから都に向かうところですか?」

「はい。知人に会いに」

「洛中はこの頃、どのような様子でしょうか。少し前に、御所のあたりで夜毎《よごと》、怪鳥の声が響き渡り、幼い主上《おかみ》がさんざん悩まされたと聞き及びましたが」

その一件に関しては、誰よりも寂漣自身が真相を知っているのに、あえて訊く。相手もそう訊かれると予想していたかのように、淡々と応える。

「それ、そのことなら、もうすっかり怪鳥もなりをひそめて。なんでも、頼政公《よりまさこう》の孫娘だという藤壺《ふじつぼ》の半者《はしたもの》が、天晴《あっぱ》れ、物の怪を退治したとか。これでしばらくは、物の怪どももおとなしくなりましょう」

「そうですか。おとなしくなりますか」

しばらくは動かずともよいということだな――と寂漣は理解し、内心、安堵した。

九条兼実《かねざね》の娘である藤壺の中宮《ちゅうぐう》は、子供が好みそうな怪異譚を寝物語に帝《みかど》に語って聞かせ、その心を捉《とら》えることに成功していた。それを危ぶんだのは、兼実の政敵たちだ。

このままだと、中宮が帝の寵《ちょう》を独占しかねない。やがて成長した帝との間に皇子を儲けられ、その子が次の皇位に就いたら、新帝の姻戚《いんせき》として九条家が権勢をふるうのは火を見るよりも明らかである。

その事態を最も警戒しているのが久我中納言。梅壺《うめつぼ》の女御《にょうご》の父親だ。院の近臣《きんしん》であり、反鎌倉派。親鎌倉派の兼実とは政策面においても対立している。

ゆえに、久我中納言は帝と中宮の仲を引き裂く手段として、鵼の鳴き声を演出して帝をおびえさせ、中宮の怪異譚を拒否させるように仕向けた。その企《たくら》みは功を奏し、帝は物の怪を怖がって、乳姉弟の梅壺の女御のもとに引き籠もるようになり、中宮を清涼殿に召す機会が日に見えて減っていったのだ。

梅壺の女御は久我中納言の血の繋がらない娘、後妻の連れ子である。中宮と女御では中宮のほうが身分は上だが、帝の寵愛《ちょうあい》を得て先に皇子を産めば、後宮《こうきゅう》での立場は逆転しないともかぎらない。

しかし、鵼が中宮の半者によって射落とされてからは、帝と中宮の仲は以前のように睦まじいものとなった。久我中納言の企みは失敗に終わってしまったのだ。ただし、鵼騒ぎの背後に中納言の存在があったことは、誰にも知られていない。寂漣が口封じのために、鵼の鳴き真似《なまね》をした者等、ふたりをその手に殺《あや》めたことも。

出家の身でありながら手を血で染めるのは、もちろん気分のいいものでない。やらずに済むのであれば、やらぬほうがよかったのだと寂蓮自身も重々わかっている。それでもやらねばならないとなったら、ためらわず一撃で、相手を徒《いたずら》に苦しめないよう対処しなくては、とも思っていた。そして、そのとおりに実行した。いまさら、引き返せはしない。

本当に喉が渇いていたらしく、直垂の男は二杯目を飲み干してから言った。

「それよりも、鎌倉の頼朝《よりとも》公が今年のうちにも上洛してこようというので、どこも浮き足立っておりますよ」

まだ続けるのかと思いながら、寂蓮は話を合わせた。

「院のお誘いに、ようやく頼朝公も重い腰を上げましたか」

「いままでは奥州《おうしゅう》藤原《ふじわら》氏と義経《よしつね》の動きが気になって、上洛したくともできなかった由《よし》。それが先年、義経も死に、奥州藤原氏も滅び、やっと後方の憂いがなくなりましたからな。これで鎌倉と朝廷が強く結びつけば、天下も本当の意味で落ち着きましょう。ところで、御坊《ごぼう》はお聞き及びですかな。頼朝公の御息女の話を」

その話題がここでのぼるのは初めてだった。

「あまり詳しくは。北条《ほうじょう》の娘御の間に幾人か子がいるとしか」

「その、北条の娘御との間に生まれた、大姫《おおひめ》と呼ばれる一の姫を、頼朝公は主上のもとに入内させる気ではないかと、口さがない者たちが噂しておりましてね」

「入内……」

強力な後ろ盾を持った新たな妃。そんなものの出現を、摂関家《せっかん》も院の近臣たちも歓迎すまい。すでに娘を帝の後宮に入れている、九条兼実、久我中納言あたりはなおさらだ。

「ひょっとしたら上洛の際に、頼朝公から入内の打診が来るやもしれません。大姫は確か十二歳ほど。主上と歳も釣り合いますからな。藤壺の中宮さまや、梅壺の女御さまのような年上の妃ばかりでは、主上も何かと気が張りましょうし」

直垂の男は品のない笑みを浮かべたが、寂蓮は追従《ついしょう》しなかった。男もそれで気を悪くしたふうもなく、柄杓を置き、水甕の蓋を戻す。

「まあ、いまのは仮の話。そういうこともありましょうかねとの戯《ざ》れ言《ごと》です。……ああ、そうだ。いまの話で思い出しましたが、九条家に鎌倉からの客人が来ているそうで。それが娘を連れた三十路《みそじ》の母親で、鎌倉の重臣のゆかりの者たちらしく、九条家では大層なもてなしを受けているとか。この時期に、いったい何を語らっているのでしょうかねえ」

「さあ、そこまでは……」

言葉を濁《にご》しながら、つまりはそれを探れということか、と寂蓮は理解した。

「では、わたしはこれで」

一礼して、直垂姿の男は庵を去っていく。黙って見送る寂漣の袖を、夏の涼風がさやかに揺らしていた。

希家は従者の是方《これかた》のみを連れて、従兄《いとこ》の寂漣が住む庵を目指し、嵯峨野を歩いていた。途中、すれ違ったのは直垂姿の男ひとり。静かな嵯峨野に建つ小さな庵は、夏の緑に覆われて、思索にふけるには絶好の場所に見えた。洛中の手狭で騒がしい実家よりも、こういうところにひとり籠もって創作のみに励みたいものだと、しみじみ思ったりもする。思うばかりで、さすがに寂漣のように実行には移せないが。

「寂漣兄上、参りましたよ」

声をかけながら、木戸をあけて庵の庭へと足を踏み入れる。寂漣はすぐに顔を出し、義弟でもある従弟を迎えてくれた。

「こんな暑い日によく来たな」

「少しでも早く礼を言いたくて。先日は山鳥の尾羽根をありがとうございました。斎院《さいいん》の宮《みや》さまも大層喜んでくださいましたよ」

「ならば、よかった」

「今日は実家からいろいろと持ってまいりました。紙やら墨やら、米なども」

それらの荷を担いで運んできたのは是方だが、希家は自分の手柄のような顔をする。寂漣の前だとはしゃいでしまい、幼い童に返るようなところが彼にはあった。寂漣はそんな希家を、実の兄以上に温かな目でみつめる。

「いつもすまないな」

「いえ、これくらい安いものです」

涼しい簀子縁にすわり、希家は水をもらって是方とともに渇いた喉を潤《うるお》してから、さらに詳しく式子内親王《のりこないしんのう》の話を寂漣にしてきかせた。寂漣も楽しげに耳を傾ける。――直垂姿の男に対する態度とはまるで違う、穏やかな表情をして。そこに偽りは微塵《みじん》もなかった。

そもそも、希家は寂漣を疑ってもいなかった。幼いときからともに育ち、父についてともに学んだ。実の兄より、従兄のほうが、歌においても私生活においても繋がりは深い。

「それから、宮さまの前から退出してすぐに、八条御所の中であの陽羽《ひわ》とばったり出くわしたのです」

「あの陽羽？　頼政公の孫娘のかい？」

ええ、とうなずき、希家は陽羽から聞いた話をそのまま寂漣に語った。忍んできた貴族を投げ飛ばしたくだりでは、寂漣も声に出して笑ってくれた。

「破天荒な娘だな。さすがは頼政公の孫だ」

「ええ。八条御所でも噂話の収集に励む気でいるようです。わたしにもさっそく、何か知りませんかと訊いてきましたよ。それで、つい最近、目撃した物の怪の話をあの子に……」

寂漣が目を瞠った。

「物の怪を見たとでも？」

「はい。別の日、八条御所からの帰りに。是方もいっしょに見ました」

希家の背後に控えていた是方が、うんうんと首を縦に振った。

「おそろしい体験でした。わたしと是方が八条御所を出てしばらくのこと、どこからともなく馬の蹄の音がして――」

昼間でも、思い出すと背すじが寒くなる。是方も同様らしく、自身の腕を盛《さか》んにさすっている。

寂漣はあまり表情を変えなかった。首なし武者の話が終わると、

「怪異譚が流行《はや》るのも平和の証《あかし》かな」

と穏やかにつぶやく。滅多《めった》やたらに怖がらないのが頼もしいような、肩すかしをくらったような。複雑な気分になる希家に代わって是方が「本当に見たのですよ、寂漣さま」と

力説する。

「わかった、わかった」

本当に理解したのか、単にこの場を収めたかっただけなのか。どちらかというと、後者のようだった。

「とにかく、無事でよかった。五年前ほどではないが、夜は物騒だから。間違っても、頼政公の孫娘のために首なし武者を追いかけようなどとは思わないことだな」

「思いませんよ。あの跳ねっ返りのために、そこまでする義理もありませんし。ただ、首なし武者が出たのが八条御所のすぐ近くだったので、斎院の宮さまに何かあってはと、それが案じられてなりませんが」

「希家は昔から斎院の宮さまの身を案じてばかりいるな」

寂漣にからかわれ、希家は露骨にうろたえた。

「それはもちろん、当たり前のことでありましょう。聖なる斎《いつき》の宮さまに、死霊のごとき不浄のものが近づくのは、あってはならないと思うがゆえであって、当然というか、仕方がないというか、どうしようも……」

自分が何を言っているのか、だんだんわからなくなってくる。あきらめて口をつぐむと、寂漣だけでなく是方までもがくすくすと笑った。希家の式子内親王に対する思慕は隠

しようもなく、希家の身近にいるこのふたりがそれを知らないはずがなかったのだ。歌の冴《さ》え
内親王、賀茂《かも》の斎院。式子の魅力はそんなきらびやかな称号ばかりではない。
が、感性が違うのだ。恋を知らない清浄な巫女姫が、どうしてこんなと驚くような激しい
恋歌をも詠みあげる。それでいて、本人は実におっとりしていて、二十歳近く年上なの
に、いくつになっても少女のようだ。ほんの童のときから彼女と和歌について語り合って
きた希家にとっては、まさに憧れのひとだった。

希家はこふんと咳《せき》ばらいをして腰を浮かせた。

「では、わたしはこれで」

「もう行くのか?」

「はい。九条の殿から申しつかった御用がありまして」

「殿から?」

一度は立ちあがりかけた希家が、またすわり直して説明する。

「はい。鎌倉の公文所《くもんじょ》別当のゆかりのかたがいま、都にいらしているので、そのお世話を
してほしいと頼まれました」

公文所とは公文書を管理する機関で、のちの政所《まんどころ》、別当とは長官のことである。

中宮の父・九条兼実は藤原氏の氏長者《うじのちょうじゃ》であり、鎌倉とも親しい。朝廷と鎌倉の橋渡し

役として重要な役割を果たしている。そんな彼のもとに、鎌倉方の重臣が頼み事をしにくるのも不自然ではなかった。

「別当ゆかりのかたとは、どういった？」

「はっきりとは聞いておりませんが、女人とその娘御でしたから、たぶん……」

口ごもる希家に代わって是方が、

「鎌倉で儲けた妾《めかけ》と子でありましょうなぁ」

とあけすけに言ってくれたものだから、希家も苦笑いをしてうなずいた。

公文所の別当は武士ではなく、もとは朝廷の下級官吏《かんり》だった。それが源頼朝に抜擢《ばってき》され、いまでは鎌倉方の重臣として東国《とうごく》と都とを頻繁に行き来している。都に留め置いた妻女のほかに、妾や子がいてもなんら不思議ではない。

「その娘御が病がちで困っていたところ、都に加持祈禱《かじきとう》で病魔を退ける高僧がいると聞き、遠路はるばるやってきたのだとか」

高僧と寺の名を言うと、寂蓮は知っていたらしく、あそこかとつぶやいた。是方は訳知り顔で、

「鎌倉にも医師《くすし》はいますでしょうに、それでも治せず、都の僧侶を頼るとは、その病、きっと物の怪によるものなのでしょうね」

この時代、天災や病などの災難は、物の怪のしわざと考えられていた。医療的な知識が絶対的に不足し、ろくな治療法も確立していない中では、加持祈禱で精神的に落ち着いて、病状が回復に向かうだけでも喜ばしいことだったのだろう。

「しかしまあ……、九条家が鎌倉と親しいのも諸刃《もろは》ではあるな。院の近臣たちの中には反鎌倉派も多く、親鎌倉派の殿は余計に煙たがられてしまっている」

寂蓮のつぶやきに、希家が言う。

「そのとおりではありますが、鎌倉と手を結ばねば、いまの朝廷は成り立ちませんし」

「わたしも武士の力は必要不可欠だと思う。だが、本来、朝廷を守るべき武士が、遠く鎌倉の地に引き籠もっているのはどうだろうか。頼朝公が都にいて、朝廷を守る姿を天下に知らしめていたら、世情はより落ち着くだろうに——」

端整な顔を曇らせ、世を憂う寂蓮に、兄上らしいと希家は思った。

(このひとは優しすぎるから、いろいろと考えすぎてしまうのだ。自分ひとりでそこまで背負いこむ必要など、どこにもありはしないというのに……)

数年前に寂蓮が突如、出家してしまったとき、希家は心の底から驚いた。事前の相談をひと言も受けていなかったのだ。さらに、父の春成が甥の出家の事実をすぐに受け容《い》れたのも、希家にとっては衝撃だった。

そして、悟った。寂漣は御子左家の家督を希家に継がせるために、自ら身をひいたのだと。そこまでする必要があるとは、とても思えなかったのに。いや、それともあったのか。だから、父も黙って甥を出家させることにしたのか……。

「──関東武士団も一枚岩ではありませんから。まわりに睨みを利かせるためにも、いまは鎌倉を離れるわけにはいきますまい。ですが、大丈夫ですよ、寂漣兄上。その頼朝公も近々上洛し、院と会見を持たれるとか。これで世情もきっと良きほうへと流れていくことでありましょう。何も心配は要りますまい」

心優しい義兄はまだ釈然としない顔をしていた。彼のために、希家は「心配御無用ですよ」と重ねて告げた。

納得したのかどうだか、寂漣は「そうだな」と小さくつぶやき、碗の中の水を口に含んだ。

午前のうちから、陽羽はせっせと庭の草をむしっていた。

この間は、少しでも式子にいいところを見せたくてがむしゃらに励んだ結果、気がついたら西の対にまで入りこんでいたのだが、今日は違う。最初から、以仁王《もちひとおう》の姫宮《ひめみや》に逢うのが目的で、確信犯的に西の対の庭へと草をむしりながら侵入していく。

動機は不純ながら、作業には懸命に励んだ。額に汗して働く陽羽を、草の香り、土のにおいが包みこむ。当初の予定では、空薫物の芳香の中で内親王に歌を教わるはずであったのに、どうしてこうなったのやら。

(でも、わたし、身体を動かすのは好きだし。姫宮ともまたお逢いしたかったし)

同じ戦で身内をなくした者同士。それに加え、姫宮のどこか陰のあるたたずまいも気になっていたのだ。

(もしかして、広い御殿の奥で寂しい思いをかかえているのだとしたら。せめて、お話し相手になれたら――)

西の対の庭に無事、侵入しおおせた陽羽は、そのまま草むしりを続行させた。猫の墓のまわりだけでなく、まんべんなく草を取り除いていく。

横目で見やった墓には、六基とも特に異変はなかった。もちろん、カタカタ揺れたりもしない。子猫の鳴き声も聞こえてこない。供えられた蔓の白い花が少ししおれている程度だ。

切りのいいところで手を止め、陽羽は日陰に入って立ちあがり、強《こわ》ばった腰をほぐしにかかった。あえて対屋《たいのや》のほうは見ないようにしていたのだが……、実際は作業の中途から、対屋の中から向けられる視線をずっと感じていた。

口うるさい女房たちなら、すぐに止めにくるはず。それもせず、じっとみつめているからには、視線の主はあの姫宮に違いないと陽羽は想像していた。だから、いつの間にか背後に姫宮が立っていても、今度はそう驚かずに済んだ。

「また来たのか」

淡々と言う姫宮に、陽羽は満面の笑みを向けた。

「はい。来ました」

姫宮はあの吸いこまれるような黒い瞳で陽羽をみつめる。二度目の邂逅をどう感じているのか、絵姿のように動かない表情から読み取るのは難しい。

「なぜ、来た」

「なぜと言われましても……」

陽羽は口ごもったが、理由を言わねば即、追い返されそうに思えて、急いで言葉を探した。

「昨晩、この庭の夢を見たので、どうしても気になって」

「この庭の夢?」

「はい。ちょっと怖い夢なのですが……」

不吉なと怒られるかもと案じたが、姫宮は黙って陽羽の次の言葉を待っている。これは意外にも好感触と、陽羽は姫宮の反応をうかがいつつ、夢の話を始めてみた。

「こちらの庭に、また入りこんでしまう夢を見たのです。なのに、西の対にもどこにも、誰かがいる気配がまったくしなくて。ああ、これは夢なのねと思っていましたら、急にその、猫の墓がカタカタと揺れて」

陽羽がちらりと積み石のほうに視線を向ける。

「石が崩れて、地面には穴があいて。穴の中からは、みにゃあ、みにゃあと小猫の鳴き声がしてくるし、それだけではなく、真っ黒な何かが立ち昇ろうとしてくるし」

説明しながら、陽羽は無意識に腕をさすっていた。袖の下では鳥肌がびっしり立っている。昼日中とはいえ、西の対の現場で悪夢の話をするのはひどく不吉な気がした。かといって、始めた以上はやめられない。

「怖くなって、北の対に戻ろうとすると……」

さすがにそこで言いよどんだ。続きを語るのをためらっていると、

「戻ろうとすると?」

姫宮が促す。怖がっている気配はまるでない。仕方なく、陽羽は話を続けた。

「蹄の音がして、葦毛の馬が一頭、庭に飛びこんできました。その背中には、首のない武

者が跨《また》がっていたのです」

さすがに怖がるかと思いきや、姫宮の表情はほとんど動かなかった。ただ、瞳の黒さがいっそう増したように感じられた。まるで、真っ暗な深淵《しんえん》を覗いているような気分にさせられる。そのまま、冷たい深淵の底に引きずりこまれてしまいそうな……。

「その武者は木曾義仲《きそよしなか》の霊だ」

姫宮にそう言われた次の瞬間、陽羽はえぇぇと頓狂《とんきょう》な大声を放っていた。

それまで、ほとんど表情を変えなかった姫宮が、さすがに目を丸くする。陽羽も自分の声の大きさに驚いたが、それよりも姫宮の口から出てきた名前のほうが衝撃的だった。以仁王ではなく、なぜ義仲なのか。

「どうして、どうして義仲公の霊だとわかるのですか」

考えるより先に出てきた疑問に、姫宮は冷静に応えた。

「その首なし武者の話なら聞いたことがある。最近、この八条御所の周辺によく出ると」

「はい、はい。わたしも、つい先日、知り合いから聞きました。この近くを夜歩きしていて、馬に乗った首のない武者を見たのだと」

「見たのか。それは気の毒に。わたしの聞いた話だと、武者の背後で二つ引きの紋を記した幟《のぼり》が翻《ひるがえ》っていたらしい。二つ引き紋は義仲のしるしだし、あの者も首を落とされているから、首なし武者は義仲と、そういうことになろう」

「そうなのですか？　幟の件は一切、聞いておりませんでした。ですから、わたしはてっきり」

「てっきり？」

陽羽はぐっと唇を結び、言葉を呑みこんだ。息が止まり、頬が膨《ふく》れる。すぐに我慢できなくなって、げほげほと咳《せ》きこみ、空気をむさぼる。姫宮はその間、珍しい生き物を観察するように、じっと陽羽をみつめていた。

陽羽の息が整うのを待って、姫宮が改めて問う。

「てっきり、どう思ったのだ？」

非常に言いづらかったが、はぐらかす術《すべ》も浮かばず、陽羽は正直に応えた。

「以仁王さまの霊かと……」

姫宮は少し考えてから、つぶやいた。

「なるほど。わたしに気を遣ったのか」

沈黙がふたりの間を流れた。陽羽にとっては気詰まりなひと時だったが、姫宮は何も感じていないように見えた。おのれの父の死に関して、それだけ固く心を閉ざしているのだなど、陽羽は痛ましく思った。

癒《い》えかけの傷をうっかりこじあけはしまいかと危惧《きぐ》したが、やがて姫宮のほうから、また話しかけてきた。

「知っているか、木曾義仲の最期がどのようなものだったかを」

「いいえ、それほど詳しくは。巴御前《ともえごぜん》という女武者を戦場に伴っていたと聞いたぐらいです」

「そう。義仲には、巴、山吹《やまぶき》というふたりの側女《そばめ》がいた。義仲率いる木曾軍は、平家を追い出したあと、都での粗暴な振る舞いが目立ち、また、義仲が以仁王の遺児を担ぎ出して、皇位継承者に据えるよう要求するなどしたため、院と不仲になってしまった」

「以仁王さまの遺児を?」

「そう。わたしの異母兄だ。もちろん、そのような無理難題が通るわけもない。結果、院は義仲を敵とみなし、鎌倉の頼朝に義仲討伐《とうばつ》を命じた。頼朝は弟の義経を差し向けた。この三人は同じ源氏で従兄弟《いとこ》同士。平家という共通の敵がいなくなった途端に、彼らは身内で争いを始めたのだよ」

武勇をもって謳《うた》われた清和源氏《せいわげんじ》には、身内同士の争いはそれ以前から、けして珍しいことではなかった。

「山吹のほうは病を得たので都に残し、義仲は巴を戦場に伴った。女ながらに、巴は歴戦の勇士だった。多くの者が討《う》たれて残り五騎となった中にも、巴はまだ残っていたという」

「すごい」

「だが、義仲は『最後の戦に女を連れていたと言われてはよろしくない』と言って、巴に逃げ延びるよう再三、勧めた」

ええぇ、と陽羽は不満たっぷりの悲鳴をあげた。

「どうして駄目なんですか。そんなに強いのなら、男だろうが女だろうが関係ないじゃありませんか」

「もはやこれまでと悟り、せめて愛する女を生かしておきたいと思ったのだろう。巴も拒みはしたものの、何度も言われるのでついには了解し、『あっぱれ、よからうかたきがな。最後のいくさして見せ奉らん』と――」

ああ、よい敵はいないかな。最後の戦をしてお見せいたそう――と、美しき女武者は言い放ったのだ。

「そこに武蔵《むさし》国でも大力《だいぢから》と音に聞く御田八郎師重《おんたのはちろうもろしげ》なる武将が、三十騎ほどを引き連れて現れた。巴はその中に駆け入り、御田八郎に馬を並べ、彼をつかんで馬から引き落とし、自分の鞍《くら》の前輪《まえわ》に押しつけて動かさず、首をねじ切って棄てたという」

頸《くび》ねぢきッてすててンげり。――『平家物語』では、巴御前の最後の勇姿を、そう謳っている。

陽羽は大きく口をあけ、次いで激しく手を叩いた。

「すごい、すごい。すごいです。巴御前はものすごく強かったのですね」

熱烈な賛辞に、姫宮も目を細めてうなずいた。

「その後、巴は戦線を離脱していった。どこに行ったのか、生きているのかさえも、もうわからない。義仲のほうは乳兄弟の今井四郎《いまいしろう》とたった二騎になってしまい、敵に討ち取られ、首を獲《と》られた。今井四郎も主君が散ったのを見て、太刀の先を口に咥《くわ》え、馬から逆《さか》さまに落ちて、太刀に貫《つらぬ》かれるようにして自害してしまった」

敗者の末路はいつも悲惨だ。女武者の戦いを絶賛した陽羽も、主従の壮絶な死にざまには、うっと息を詰まらせ、喉に手をやった。

「ずいぶんと……お詳しいのですね」

「義仲は父の令旨を奉じて立ちあがった武将のひとりだ。その者の死に様を、詳しく知りたいと思うのは当然であろう」

なるほどと、陽羽は素直に感心した。

「でも、どうして木曾義仲公の霊が、いまになって都に現れたのですか？　亡くなられて、もう六年ほどは経っておりましょう？」

「それはおそらく、頼朝の上洛が近いからだろう。義仲を都から駆逐《くちく》したのは義経だが、それを命じたのは兄の頼朝だからな。義仲が恨むなら頼朝だ。なぜなら、頼朝はさらに──」

「さらに？」

姫宮は少しばかり思案をしてから言葉を続けた。

「あの当時、頼朝のもとには、義仲の息子の義高《よしたか》がいた。人質の意味もあったろうが、義高は頼朝の娘、大姫の許婚《いいなずけ》でもあったのだ。当時、義高は十二歳、大姫は六歳。兄妹《きょうだい》のように仲睦まじく育ったが、父の義仲が頼朝の敵となったことで、義高も殺すようにと命が下った」

「まだ十二歳の子を？」

「それが武家の倣《なら》いだ。敗者の子は、男児ならば殺しておかないと。源 義朝《みなもとのよしとも》が平家との戦で敗れたとき、嫡男の頼朝は十四歳、義経は乳飲み子だった。幼いからと、なまじ生かしておいたがために、彼らはのちに牙《きば》を剝《む》き、平家の世を終わらせた」

「それは……、そうでした。わかります。わたしもいちおう、武家の子なので」

そうか、と姫宮はつぶやいた。陽羽の出自には、あまり関心がない様子だった。

「とはいえ、義高は大姫の許婚だ。姫の母の北条政子《ほうじょうまさこ》は、娘のために義高をひそかに逃がした。だが、追っ手がかかり、義高はあえなく捕らえられ、首を落とされた。大姫の嘆きは相当、激しかったと聞く。政子も激怒し、義高の首を獲った家臣を晒《さら》し首《くび》にしたそうだ」

なかなかすごい話だ、と陽羽は感嘆した。それを淡々と語る姫宮にも圧倒されてしまう。

姫宮のせいか、六基並ぶ猫の墓のせいか、西の対には夏の草いきれに混じって死のにおいが濃厚に立ちこめていた。式子内親王が、病や死に関して口にできず、忌み言葉を使うのとは天と地ほども開きがある。

「つまり、義仲公の霊が首なし武者となって出るのは、無理もないということなのですね……」

陽羽はおののく一方で、首なし武者についてもっと知りたくなってきた。それは怪異譚収集のためでもあり、自分自身の好奇心ゆえでもある。そのためには、やはり現物と相対すのが最も効果的に思えた。想像するだけで身体は震えたが、陽羽の場合、それは武者震いにも近かった。

「わたし、このあたりに出るという首なし武者を、ぜひともこの目で見てみたくなりました」

姫宮は二、三度、目をしばたたいた。

「本気か？」

「はい。実は、わたし、ここにあがる前は後宮の、中宮さまのところにおりまして」

陽羽は、中宮が幼い帝に巷の面白い噂などを語って聞かせていること、そのために中宮に仕える女房たちが話のネタ探しをしてまわっていることを語った。その流れで、自分が源頼政の孫であること、式子内親王のもとに預けられるきっかけになった出来事までも明かす。

さすがに頼政の名が出ると、姫宮も「ほう」と感心したようにつぶやいた。

「源三位《げんさんみ》頼政の孫が、ずいぶんとまた面白いことをやっているのだな」

「不出来な孫ですけれどね。文武両道に優れていた頼政公の、文の部はすっかり抜け落ちて。でも、正直なところ、わたしも歌の修業よりも、珍しいものを追いかけているほうが楽しいものですから。そもそも、ここに参ったのも、後宮にいるときとはまた違った話をみつけられはしないかと期待したからでして」

その点、八条御所は期待以上だった。式子内親王の周辺はのんびりとしているし、寝殿や東の対は逆ににぎやかすぎて、北の対に余計な詮索《せんさく》をしてこない。こっそり抜け出して、首なし武者を探しに行くことも難しくはなさそうだ。

すっかりやる気になっている陽羽を前に、

「そうか。止めはせぬ。励め」

姫宮はあっさり言ってから、ちらりと陽羽の手に視線を向けた。

「手はかぶれなかったか?」

「あ、かぶれました。でも、すぐに洗いましたから、それほどひどくはなりませんでした」

「なら、よかった」

話し疲れたのか、姫宮は急に陽羽に背を向け、対屋へと歩き出した。その背中に、陽羽は訊いた。

「また、おうかがいしてもいいですか」

姫宮は振り返らず、返事もしない。

「いやなわけではありませんよね?」

そう尋ねても、返答はなかった。つまり、いやではないのだと陽羽は前向きに解釈することにした。

対屋の簀子縁には、いつの間にか八重《やえ》と藤裏《ふじうら》のふたりの姿があった。姫宮は彼女たちに何事かを告げて、御簾のむこう側へと消えていく。

女房たちが陽羽に向ける視線には、あいかわらず警戒心が露骨に出ていた。そのせいもあって、居づらさを感じた陽羽は、早々に西の対の庭から離れる。ところが、北の対に戻ってすぐに式子付きの女房にみつかってしまった。

「どこへ行っていたの？　まさか、また西の対へ？」

はい、と正直に応えると、女房の表情がたちまち曇った。

「悪いことは言わないわ。すぐに手を清め、口をゆすいできなさい」

「えっ？　大丈夫ですよ。今日は蔓の花を摘んではいませんし……」

「そういうことではないの」

女房はため息混じりに言って首を横に振った。

「西の対の姫宮さまは女院さまの大のお気に入り。だから、こう言うのもよろしくないのだけれど、あのかたは……障りの多いかたよ。それに比べ、こちらにお住まいの宮さまは賀茂の斎院を十年務められたおかた。位を退かれてからも、斎姫であり続けていらっしゃる。そのような宮さまのお住まいに、障りはなるべく持ちこまないほうが……」

「障りって、そんな」

「でも、あちらの庭には墓があるのでしょう？」

どこから聞いたのか、女房は猫の墓のことを知っていた。それを言われてしまうと、陽羽も反論ができなくなる。それだけ、この時代の死穢に対する意識は強かった。むしろ、洗う程度で済むのなら、見逃してくれているのも同然だった。

「わかりました。手を洗ってきます。口もゆすぎます」

女房がホッとした顔をする。

「そうしてくれると助かるわ」

水場へと向かいつつ、陽羽は姫宮の後ろ姿を思い出していた。また来たいと意思表示したときに何も応えてくれなかったのは、こういうことなのだろうかと考えずにはいられなかった。

まだ陽射しがやわらかい午前のうちに、希家は中宮の実家でもある九条家を訪れた。鎌倉から来たという、公文所別当ゆかりの母子を、加持祈禱の寺へと案内するためだった。

母親のほうは三十代の初めほどで、初対面の希家にも物怖じせずに、

「待ちかねていましたよ。どうぞ、よろしくお願いいたしますわね」

と声をかけてきた。遠路はるばる都まで来て、浮き足立っているようにも感じられた。

一方で、娘のほうはいたって静かだ。几帳《きちょう》の後ろにひき籠もって、ひと言もしゃべろうとしない。あまりじろじろと見てはいけないと、希家も最初こそ遠慮していたが、好奇心には勝てず、そっと娘の様子をうかがった。

小柄で十二歳くらい——陽羽と同い年に見えた。ただし、陽羽と違って極端におとなしい。今様色《いまよう》（薄紅色）の袙《あこめ》をまとい、無言ですわっているさまは撫子の花のように愛らしいのに、世話係の女房が話しかけても、ほとんど返事をしない。不機嫌だからというわけではなく、気力そのものが枯渇しているような印象だった。病気がちだと聞いてはいたし、きっと疲れているのだなと希家も同情したくなってくる。

（都の風に触れ、加持祈禱をしてもらうことで、元気になってくれればいいのだが）

他人事《ひとごと》ながら、そんなふうに思わずにはいられない。

「さあ、さあ。参りましょうか、姫」

母親に促され、ようやく少女は身を起こした。

母子を乗せた牛車《ぎっしゃ》が九条家を出立する。希家と是方がそれに徒歩で付き従った。

寺は都の南東に位置していた。母子の体調を気遣《きづか》って、途中、休み休み牛車は進んだ。おかげで予定外に時間はかかったものの、それ以外は問題なく、やがて目的地へと到着した。

山門をくぐると、頭上に幾重にも繁った青紅葉《あおもみじ》が夏の陽に透けて、古刹《こさつ》のゆかしいたたずまいに、涼しげな色を添えてくれていた。寺側の対応も丁寧で、なるほどこれならば、なんの心配もないように見えた。

母子はここに三日間籠もり、その間ずっと加持祈禱を受けるのだという。希家の役目はその間、毎日、寺に通って母子に不自由はないか等をうかがい、あれば的確に対応することだった。が、この分だとそれも寺側がやってくれそうだ。

思っていたほど自分の仕事はなかったなと、希家は少々拍子《ひょうし》抜《ぬ》けしていた。もちろん、楽であったほうがありがたいのだが、何もしていないと思われるのもどうだろうと考え、加持祈禱の場に同席する。

護摩《ごま》が焚《た》かれる中、加持祈禱は粛々《しゅくしゅく》と行われた。少女を苦しめる病魔が、お付きの女房にとり憑《つ》いて悪口雑言を吐き散らす——といった事態も、特に起こりはしなかった。ただ、少女が数珠を握りしめて一心に祈っている様子が、希家の目にはたいそう印象的なものに映った。

もしかしたら、あの少女は誰か大切なひとを失っているのかもしれない。それで心弱りし、病がちになっているのでは……と、希家の想像は膨らむ。とはいえ、そうなのですかとこの場で当人に訊けるわけがない。もう少し親しくなれば、あるいは話をする機会もあるかもしれないが、いまはまだ無理だ。

長かった加持祈禱がようやく終わった。

「では、わたしはこれで退出いたしますが、明日、また参りますので、何事かありましたれば、ご遠慮なく申しつけてくださいませ」

希家が少女の母親にそう告げた頃には、空はもう夕刻の色彩を帯び始めていた。

「何から何までかたじけなく存じます」

母親は礼を言い、少女は黙って、ちらりとだけ、こちらを見やった。母親は凜《りん》としていたが、少女のほうは不安の色を隠せていない。その心細げな表情が心にひっかかり、できればもう少しそばについていようかとも思ったが――

早く帰らないと、家にたどり着く前に陽が暮れてしまう。首なし武者と遭遇した記憶も生々しいいま、できれば明るいうちに家にたどり着きたい。

「それでは、また明日《みょうにち》」

希家は母子を気にしつつ、その前から退出した。是方も「急ぎましょう。また夜道で物の怪と出会うのはごめんですから」と主人をせかす。

「わかっている。わかっているとも」

ぱたぱたと、ふたりの足音が寺の渡殿に響く。ところが、その矢先、まだ寺を出る前に、彼らは寂漣とばったり出逢った。

「あ、兄上？」

「やあ、奇遇だな。来るとは聞いていたから、もしかしてと思ってはいたのだが」

知人を訪ねに来た、と寂漣は説明した。そういえば、この寺に知り合いがいると言っていたなと、希家も思い出す。

「泊まりではなかったのか。鎌倉から来た母子とは？」

「いまなら、あちらの御堂《みどう》に。最初の加持祈禱が一段落して、休まれているところです」

「そうか。希家たちはもう帰るのか？」

「はい。思ったより時がかかりましたから。本当は、帰りに八条御所に寄るつもりでしたが、それも今日はやめておこうかと」

「少しくらい遅くなっても、顔を見せに寄ったほうが斎院の宮さまも喜ばれるのではないかな？」

「わたしもそうしたいのは、やまやまなのですが……」

希家の口調に苦々しさがにじんだ。

今朝がた、「今日もおうかがいします」と式子内親王に文を出しておいたのだ。これでは約束を破ることになってしまう。

（仕方がない、思いのほか九条家の御用に時間がかかってしまってと、日を改めて謝りに行こう。長い付き合いだし、あの宮さまなら、きっと許してくださるだろうから……）

頭の中で言い訳を捏《こ》ねくり廻していると、それまで黙っていた是方が耐えかねたように希家をせっついてきた。

「早く参りませんか。ますます帰りが遅くなってしまいますよ」

彼も首なし武者を怖がっていたのだ。

「そうだな。では、すみません、寂漣兄上。また――」

「ああ、またな」

寂漣に見送られ、希家と是方は急いで帰路に就いた。しかし、彼らが思っていたよりも早く、陽は西の山かげに傾き始めていた。

あわただしく駆けていく希家たちの背中を見送りながら、寂漣はごく自然に微笑みを浮かべていた。

二十歳になっても、義弟の希家は童のときとほとんど変わらない。実の兄よりも、従兄の寂漣のほうを慕《した》って、ずっとあとをついてくる。おとなしそうに見えるのに意外に気が短い。幼少時から病気がちな一面もある。そんなこんなのせいか、実は気難しい。

少々面倒な希家の気質も、ひとたび歌に向かうと驚くほど繊細で優美な歌風となって立ちあらわれる。面白いものだなと寂蓮も感心せずにはいられなかった。

なおかつ、宮仕えの傍《かたわ》ら、九条家の家司《けいし》としての職務もこなすし、式子内親王への気配りも忘れていない。本当は無理をしてでも式子のところに寄りたいだろうに、大丈夫だろうか。首なし武者を怖がっていたようだったし、無事に邸まで帰りつけるだろうかと、寂蓮も希家たちのことを気にしていた。が、その心配を押し殺して、いまは御堂へと向かう。

途中、折烏帽子に直垂姿の男を遠目に見かけた。参詣《さんけい》者の体を装っていたが、嵯峨野の庵に現れて水を所望した男に間違いなかった。

しかし、ふたりとも相手を視認していながら、互いに気づかぬふりを装って離れていく。それぞれに違う役目が割り振られていたからだ。

御堂の周辺には護摩の香りが強く残っていた。寂蓮が堂内を覗くと、几帳の後ろに十二歳くらいの少女とお付きの女房が座していた。

「お疲れになりましたか、大姫さま。御台所《みだいどころ》さまはしばし、お寺のかたとお話しなさるそうですから、わたしたちは先に局のほうへ参りましょうか」

大姫とは長女を表す呼び名だ。良家の一の姫がそう呼ばれるのは、なんの違和感もないが……。

「大姫さま――」

寂漣が呼びかけると、少女は弾かれたように勢いよく振り返った。見知らぬ僧侶がいつの間にか近くにいることに気づくや、彼女の青白い顔が強ばる。お付きの女房も戸惑っている様子だったので、彼女たちを不必要におびえさせないよう、寂漣はすぐに言葉を継いだ。

「失礼いたしました。愚僧は寂漣と申しまする。権少将《ごんのしょうしょう》希家の義理の兄でもありまして、つい先ほど弟とすれ違い、姫さまのことをうかがいましたので、ご挨拶にあがりました」

希家の名が出たからだろう、少女と女房は同時に緊張を解いた。いや、女房のほうが少し早かったかもしれない。さらには、少女のほうが顔を背けたのに対し、女房は寂漣の整った顔をまじまじとみつめている。

どうかされましたか、と寂漣が目で問いかけると、女房は顔を赤くして袖に顔をうずめた。それでいて、袖の陰からちらちらとこちらを盗み見ている。寺という、いつもと違う場所柄が、黄昏《たそがれ》の薄暗さが、墨染めの衣が、いろいろと味方になってくれていると寂漣も自覚したうえで、またことさらに優しく声をかけた。

「何か御用がございましたら、ご遠慮なくお申しつけくださいませ」

少女は何も応えなかったが、女房はこくこくと従順そうにうなずいた。この女房からいろいろ聞き出すのは難しくないだろうと、寂漣は充分な手応《てごた》えを感じていた。


しゅっ、しゅっ、石がこすれ合う音が部屋に小さく響く。燈台の明かりのもと、陽羽は式子に命じられて墨を磨《す》っていた。

読んだり書いたりは得意ではなかったものの、墨の香り自体は好きだったので、陽羽は喜んで応じた。黒い墨汁の表面が燈台の火を映して揺らぐさまなどは、本当にきれいだとも思った。できれば、ずっと墨を磨り続けていたいくらいだったが、そういうわけにもいかず、手を止めて式子に声をかける。

「宮さま、できましたが——」

式子は北の対の端近《はしぢか》にすわり、そこから月を見上げていた。聞こえなかったのかと思い、陽羽は再度、呼びかけた。

「宮さま、墨が磨りあがりました」

ゆっくりと式子が振り返る。まるで泣いていたかのように、彼女の瞳は濡《ぬ》れていた。やわらかな月光のせいか、はかなげな風情までもが加わって、内親王がますます浮世離れして見える。

陽羽が対応に困っていると、式子がため息混じりに言った。

「今日、夕刻に立ち寄ると文を寄越したのに、権少将は結局、来てはくれなかったのよ」

「まあ。宮さまをお待たせするなんて」

「でも、いいの。来ぬひとを待つ切なさとは、こういうものかと実感することができたから。権少将はいつも、いろいろなことを教えてくれるわ——」

すっ……と立ちあがって、式子は文机に向かった。筆を取り、陽羽が磨った墨を筆先に含ませて、一気に書きあげる。陽羽はおそるおそる式子の背後に立ち、彼女の手もとを覗きこんだ。白い紙に流麗な文字でしたためられていたのは、

君待つと閨《ねや》へも入《い》らぬ真木《まき》の戸に
いたくな更《ふ》けそ山の端《は》の月

あなたを待って閨にも入らないでいたのに、その閨の真木の戸に射《さ》す月の光が夜ふけの

ものになっていく。どうか無情にふけていってくれるな、山の端の月よ。――と、来ぬ男を待つ嘆きを詠った歌だ。行くと約束したのに来なかった希家を想定した歌だと、さすがに陽羽にも読み取れた。

「宮さま、もしかして権少将さまのことを……」

式子は驚いた顔で陽羽を振り返り、くすっと笑った。

「まさか。わたしと権少将と、幾つ年が違うと思っているの？」

「すみません。つい、失礼なことを申しました」

陽羽は顔を真っ赤にし、その場に手をついて平謝りした。式子は気を悪くしたふうもなく、

「そんなに謝らなくてもいいのに。怒ったわけではないのだから。これはね、権少将と取り交わした遊びよ」

「遊び？」

「歌の上でだけ、恋人のふりをする遊びね。そうすると、詠む歌にも自然と艶が生まれるの」

「艶……」

「わたしはまだ幼い頃に賀茂の斎院に卜定《ぼくじょう》され、その後、十年、斎院御所で過ごした

わ。その間はもちろん、斎院の位から退下してからも、恋というものは知らず終《じま》い……。でもね、不思議なもので、恋歌は詠めるのよ。物語の主人公に自分をなぞらえて、あれこれ考えを膨らませるのが昔から好きだったからかしらね。だからそう、今夜のわたしは浮気な年下の恋人を虚《むな》しく待ち続ける、六条の御息所《みやすどころ》といったところかしら」

六条の御息所は『源氏物語』の登場人物で、年下の光源氏と恋仲になるも、彼の妻や恋人に嫉妬《しっと》するあまり、恋敵に生霊を飛ばすようになっていく。恨みなどとは無縁の斎姫たる式子とは、まったく逆の人物像のように陽羽には思えた。

(それとも、宮さまのように感受性のお強いかたなら、御息所のお気持ちも手に取るようにわかるのかしら。だから、恋を知らずとも恋歌が詠めるということ?)

いずれにしても、歌の詠めない陽羽にしてみれば、うらやましい話だった。その思いを、彼女は素直に口にした。

「そうやって、恋歌をすらすらと詠める宮さまがうらやましいです。わたしはそもそも、歌そのものがどうも苦手で……」

「あきらめるのは早いと思うのだけれど」

「いえ、叔母にも言われておりますから。文武両道の文の部分をどこかに置き忘れてきたのだろうと」

「武のほうで名を馳せられれば、よかったのにね」

「本当にそう思います」

大真面目に返答して、式子にまた笑われてしまった。けれども、式子の笑い声は耳に心地よくて、いやな気分になどはまったくならない。

ふいに、式子が何かを思いついたような顔をする。

「では、いきなり歌を詠むのではなく、たくさんの物語を読むところから始めてみましょうか」

「物語を?」

「そうよ。そこに出てくる人物の心情を想像しながら、自分だったらどう考えるか、どう告げるか、どう動くかと、想像の翼を広げるの。そうやって他人の人生を俯瞰《ふかん》し、自分の中に取りこんでいく。居ながらにして、千や二千もの体験を重ねるようなものね」

「千や二千、ですか」

びっくりする陽羽に、

「ええ。望めば、それ以上にも」

そういって、式子は彼女をさらに驚かせた。

「女でありながら男になることも、老爺《ろうや》や鬼神になることもできてよ。それどころか、鳥にも雪にもなれましょう。さすれば、自然と心の底から歌が湧きあがってくるはずだから」

式子は自信ありげに言い切る。が、陽羽にしてみれば、途方もないこととしか思えない。

「鳥にも雪にもなれるだなんて……」

そんな境地に、果たして自分などが到達できるだろうかと臆《おく》せずにはいられなかったが、式子は構わず、

「では、まずは最初の一歩ね。そこの厨子《ずし》をあけて、中身を全部持ってきてちょうだい」

「は、はい」

とりあえず、式子の指示に従って厨子へと向かった。黒漆に螺鈿《らでん》細工の施された美麗な厨子の上には、山鳥の尾が飾られていた。なんでも、山鳥の尾は魔よけにもなるのだとか。陽羽は厨子の扉をあけ、うわぁと声をあげた。厨子の中には、絵巻物がぎっしりと詰まっていたのだ。

「『后《きさき》の位も何にかはせむ』……。昔、書物を読むことが大好きな女童が、物語をたくさん贈ってもらって、これを読む喜びに比べれば、后の位も何ほどのものでもないと言ったのだとか。あなたにもそう思ってもらえたらいいのだけれど」

「后の位は最初から望んでおりませんのでよくわかりませんけれど、本当にこれを読んでよろしいのですか？」

「もちろんよ。よかったら、いっしょに読みましょうか」

「はい、よろしくお願いします」

嬉しい言葉に、陽羽はふたつ返事で応えていた。

さっそく絵巻物が広げられる。たなびく金色の霞《かすみ》の間では、あざやかな衣をまとった美男美女がそれぞれの物語をくり広げている。

彼らの心情を汲み取り、その人生を追体験していく。そんな読書の喜びを陽羽は改めて感じていた。


暗い空には、羽衣のごとき薄雲をまとって月が煌々《こうこう》と輝いている。月光に照らされた都大路には、家路を急ぐ希家と是方の姿があった。

「すっかり陽が暮れてしまいましたね……」

と、陰気な声で是方がつぶやく。

「そんなわかりきったことを言ってくれるな」

「もう少し早くに寺を出ていれば、こんなことには……」

「だから、もう言うな」

いらいらした希家は強めに言い放ち、是方を黙らせた。

しばらく、ふたりは黙々と歩いていたが、沈黙はかえって恐怖心を募《つの》らせることになった。ちょっとした風のうなりや、遠くの野犬の声、なんでもない樹木や建物の影などに、ないはずの何かを過敏に感じ取ってしまうのだ。

それでも、とにかく先を急いでいると――どこからともなく、カツ、カツ、カツと軽快な蹄の音が聞こえてきた。

えっ、と息を呑み、希家と是方は互いに顔を見合わせた。相手が何を考えているか訊かずともわかったが、それでも言わずにはいられなかった。

「あの音は……」

「いえ、まさか、そんな……」

是方が否定する。希家も彼に同調したかったが、できなかった。つい先日、八条御所からの帰り道で耳にした音にあまりにも酷似《こくじ》していた。しかもあの直後、希家たちは世にもおそろしいものを目撃している。

（一度ならず二度までも、あれと遭遇するなど、あるはずが――）

ない、と自分に言い聞かせようとする端から、蹄の音が近づいてくる。今度は身を隠す間もなく、大路の果てに騎馬姿の影が現れた。

予想したとおり、葦毛の馬にまたがった、唐綾威《からあやおどし》の鎧の武将だ。大太刀を腰に佩《は》いて、背には鷲の尾羽根の矢、重籐弓《しげどうゆみ》を携えている点も同じだった。そして、馬上の武者には首がない。

是方がひっと声をあげ、希家はぐっと奥歯を嚙《か》みしめる。手は護身用に携えていた腰の太刀に行ったものの、全身を走る悪寒《おかん》が邪魔をして、柄《つか》を握る手に力が入らない。これでは駄目だと悟るや否や、

「逃げろ！」

希家は大声で叫んだ。是方が驚いて跳びあがり、その足で脱兎《だっと》のごとく駆け出す。希家も従者のあとを必死に追った。

「こら、主人を置いていく気か」

「逃げろと仰せになったではありませんか」

走るふたりの背後から、カツ、カツと蹄の音がついてくる。蹄の速度は徐々に上がり、間の距離も確実に狭まっていく。

完全に気づかれていた。となれば、馬を相手に逃げ切れるわけがない。

振り返った希家は、肉迫する葦毛の馬を、馬上の首なし武者が太刀の柄に手をかけたのを目にする。うわっと悲鳴をあげ、希家は咄嗟に横に跳んだ。結果、ぶざまに地面に転がる。

「ま、希家さま!」

動揺したのだろう、是方までもが急に足をもつれさせ、転倒した。続けざまに倒れた主従の横を、葦毛の馬は速度を落とさずに、砂を蹴散《けち》らし駆け抜けていく。

去りゆく首なし武者を、ふたりは地面に転がったまま、呆然と見ているしかなかった。

やがて、蹄の音が完全に聞こえなくなってから、希家はのろのろと立ちあがった。どんなに目を凝らしても、首なし武者の姿はどこにも見当たらない。

是方もおっかなびっくり周囲をうかがいつつ、立ちあがる。

「もういませんよね。わたしたちは助かったのですよね」

「ああ、そうだな……」

同意しつつも、その口調は切れが悪い。

「しかし、なぜ斬らずに見逃してくれたのだろう」

「それはもう、御仏《みほとけ》の加護があったからですよ。ほら、わたしたちは寺で加持祈禱のお相伴をしてきたばかりですし、さしもの死霊も手を出しかねたのではありませんか?」

「なるほど、そういう考えもあるか」

「ありがたや、ありがたや。南無阿弥陀仏《なむあみだぶつ》、南無阿弥陀仏……」

是方が両手を摺《す》り合《あ》わせて念仏を唱え始めた。希家も従者に釣られて、南無阿弥陀仏と声を合わせた。


その夜、陽羽は満ち足りた気分で臥所に入った。

まずはたくさん物語を読んで、登場人物の心情を想像するところから始めましょうねと式子内親王は勧め、あるだけの絵巻物を陽羽の前に並べてくれたのだ。

それはとても贅沢《ぜいたく》な時間だった。伝説の色好み、在原業平《ありわらのなりひら》の恋の遍歴。継母《ままはは》に虐《しいた》げられる姫君が、やがて心優しき殿方に見出されるまでの紆余曲折《うよきょくせつ》。巻物の数だけ、いや、出てくる人物の数だけ人生があった。それらを眺めるだけで高揚《こうよう》してくる。なるほど、これなら后の位を投げ出しても惜しくはないかもと納得できた。

物語にひたる楽しみを存分に教えてもらって、心地よい疲れを感じつつ、陽羽は夜具にくるまり、物語の内容を頭の中で反芻した。眠気が波のように押し寄せてきて、夢が物語と混じり合い、新しい話が生まれてくる。

朝になって目が醒めたら、きっともうおぼえてはいないだろう無数の物語たち。そんなはかない宝物を抱いて、陽羽はさらに深く夢の淵《ふち》へと沈んでいく。その途上で、カツ、カツ、カツと蹄の音が鳴り響くのを彼女は聞いた。

――ああ、これはきっと、義仲公の乗る馬の足音ね。

朦朧《もうろう》とする陽羽の眼裏《まなうら》には、首なし武者ではなく、敵に討たれる前の堂々たる武将の騎馬姿が描き出された。貴公子との恋物語にも憧れるけれど、武勇を競う軍記物も嫌いではない陽羽は、その寝顔に至福の笑みを浮かべていた。

四

ながながし夜《よ》を

「希家《まれいえ》。これ、希家」

母の声が大層近くから聞こえてくる。しかし、希家は夜具を頭からかぶったまま微動だにせず、寝ているふうを装った。

「これ。いいかげんに起きなさい」

抵抗虚《むな》しく、無理やり夜具を引き剝がされる。やむなく顔を上げると、まぶしい陽光に目を射られてしまい、希家は再び瞼《まぶた》を閉じ、寝返りを打って母に背を向けた。

「申し訳ございません、母上。今日は気分が優れないのです……」

「まあ、熱でもあるのですか？」

「いえ。そういうわけでは。ああ、でも、少し頭が痛いかもしれません……」

頭痛は嘘だったが、起きあがる気にはとてもなれなかった。

昨夜、首なし武者と二度目の遭遇を体験して帰宅してから、さすがに素面《しらふ》でいられず、厄落《やくお》としがてらに是方《これかた》と酒を飲んだ。その後、横になったのだが、眠りは浅く、気持ちの悪い夢ばかりを見た。おかげで疲れもとれず終い。これでは出仕も、あの母子の様子を見に寺を再訪することもできそうにない。

母親はやれやれとため息をついた。

「そうですか。せっかく斎院《さいいん》の宮《みや》さまから文が届いているというのに、これは要らぬということですね？」

斎院の宮――式子《のりこ》の名を聞いて、希家はがばりと身を起こした。

「み、宮さまから」

母親はすべてお見通しといった、すました顔をして息子に文を手渡した。すぐさま文を開いた希家の目に、『君待つと』の歌が飛びこんでくる。

「これは！」

食い入るように文を読む息子を、母親はあきれたように見やって立ちあがった。

「そういえば、言い忘れておりましたけれど。いま、寂漣《じゃくれん》どのが寝殿にいらしていますよ」

えっと声をあげ、希家は文から顔を上げた。

「それを早く言ってください、母上」

「訊かれませんでしたからね。でも、思ったより元気そうでよかったこと」

皮肉っぽく言って、母親は退室していく。希家は構わず、急いで狩衣《かりぎぬ》に着替えた。式子の文と寂漣の名のおかげで、寝起きの倦怠感《けんたい》はすっかり消えている。最後に烏帽子《えぼし》をかぶって、これでよしと部屋を出ようとしたところに、ひょっこりと寂漣が現れる。

「あ、兄上」

「おや、やっと起きたのか」

「はい。いま、寝殿に行こうとしていたところでした」

「わたしはもう帰ろうとしていたところだよ。その前に、希家はまだ寝ているか、見ていこうと思って」

「わたしが寝ていたときに、一度来てくれていたのですか?」

「ああ。よく寝ていたようだったから、起こさずに父上に先に逢ってきた」

「遠慮なく起こしてくだされればよかったのに」

希家は自室に寂漣を招き入れ、円座《わろうだ》を勧めた。墨染めの袖をふわりと左右に広げて、寂漣が円座にすわる。その一連の動きも実に優美だった。

「今日は出仕は?」

「休みですよ。その代わり、昨日の寺にまた顔出しをしなくてはなりませんけれど。ああ、それから、斎院の宮さまから文が届きましたので八条御所にも寄らねばなりません」

希家が式子からの文を見せると、ほうと寂漣はつぶやいた。

「本歌は『古今和歌集』の『君来ずは閨へも入《い》らじ濃紫《こむらさき》わが元結《もとゆひ》に霜はおくとも』か。読みびと知らずの」

あなたが来ないのなら閨にも入らないで待っていよう。わたしの濃紫の元結に霜がおくほど寒くなったとしても――との意味だった。

「本歌よりも切なさ、艶やかさが増しておりますよね。山の端の月の情景がありありと浮かんできますし。さすがは宮さまかと」

「希家は昔から宮さまに夢中だな」

「夢中だなんて、そんな」

首を横に振りつつも、照れ笑いで口もとが歪《ゆが》みそうになる。希家はそれを意志の力でどうにか抑えこんだ。

「あくまでも歌人として敬愛いたしているわけで、あだしな心など、ええ、欠片《かけら》も」

不自然なしかめっ面になった希家を、寂蓮は笑いを嚙み殺して眺めている。

「まあ、いいのではないかな。宮さまのほうも〈待恋《まツこひ》〉の境地を体験できたわけだし。やはり、歌を詠む上では体験が何より優《まさ》ろう」

「ですから、わたしと宮さまはそのような間柄では……」

「わかっているとも。だが、歌の上では、まことであろうとなかろうと、どちらでも構わい。だから、希家も宮さまをこのまま慕い続けていればいいのだよ」

「駄目ですよ。そんな浮わついた気持ちでいては、宮さまにご迷惑がかかりかねません」

「何が迷惑なものか。現に、このような歌の源となっているのだぞ。宮さまだけでなく、希家にとってもよい刺激となろう。手の届かぬ遠い存在だからこそ、いつまでも追ってしまうというのも、わからなくはないし。まさに、義理の母たる藤壺《ふじつぼ》の中宮《ちゅうぐう》を慕《した》い続けた光源氏《ひかるげんじ》の心境ではないか」

「光源氏だなどと。そんな、からかわないでください」

希家はますます照れて、激しく手を振った。しかし、寂漣はずっと微笑んでいる。希家も義兄を説得するのはあきらめざるを得なかった。それに、彼が式子を昔から思慕していること、この想いが恋と呼べるものかどうかはともかく、歌作りに大きく貢献してくれているのは否定しがたい事実だったのだ。

「とにかく、宮さまに謝罪をしに行ってまいります。それから、昨日の寺にも。なるべく早くに出て、陽のあるうちに帰るようにしないと」

寂漣が小首を傾げた。

「なぜ、そのように急《せ》いているのかな？　ああ、まだ首なし武者を怖がっているのか」

「怖がるのは理由があるからですよ」

「というと？」

希家は少し躊躇《ちゅうちょ》し、けれども結局、黙っていられなくなって、昨夜また首なし武者と遭遇したと打ち明けた。話を聞き終えた寂漣は眉をひそめ、慎重につぶやく。

「それはまた……一度ならず二度もとなると、気味が悪いな」

希家も話していて鳥肌が立つのを禁じ得なかった。

「ええ。本来なら固く物忌《ものい》みし、家に籠もってこれ以上の難を避けるよう心がけるべきなのでしょうが、宮さまにお詫《わ》びを言いに行かねばなりませんし、寺のほうにもまた顔出しする約束をしておりまして」

「では、急いだほうがいいな。明るいうちに用を済ませておいで」

「はい。そうさせていただきます」

寂漣は立ち去りかけ、

「このまま庵に戻ろうと思っていたが、そういうことならいっしょに……」

言葉の途中で寂漣は小さくあくびをし、目をこすった。

「ひょっとして、昨夜は眠れなかったのですか？」

寂漣は目をそらしたままで応える。

「ああ。あのあと、鎌倉からの母子に付いていた女房が、いかにも心細そうにしていたので、いろいろと話を聞いてやっているうちに夜がふけてしまってね」

「それはそれは。本来、わたしが務めねばならぬ役目を寂漣兄上にやらせてしまい、申し訳ありませんでした」

「いやいや。頼まれたわけでもないのに出すぎた真似をしてしまったよ」

「そんなことはありませんとも。その女房も、僧形の兄上だったから心安く話してくれたわけで、わたしごときが相手ではきっと無理だったでしょう」

寂漣兄上は本当に頼りになると、希家はつくづく感じ入った。数年前に彼が突然出家をしたときは驚き、見捨てられたような心地さえして寂しく感じたものだったが、いまこうして話していると、出家前の義兄と少しも変わらないことが実感できて心は軽くなる。それどころか、いっそう寂漣が頼もしく思えた。

「それで、女房はなんと?」

「ああ。あちらの姫君はもう何年も病気がちで、鎌倉でもありとあらゆる医師や僧侶、陰《おん》陽師《みょうじ》などに見てもらったのに効果が顕《あらわ》れぬとか。そこでぜひとも都の高僧に加持祈禱をと願ったわけだが、それに加えて都の名所旧跡をめぐらせれば、姫の心も華やいで、結果、病魔が退散しはしまいかと母親が考えたらしい。もっと言えば、よい婿《むこ》がねを求められれば申し分なしなのだとか」

「名所めぐりはともかく、婿探しまでやるつもりですか……。あの母親はなかなかたくましいかたですね。しかし、姫はまだ十二歳ぐらいでしょうに、結婚は気が早すぎはしませんか？」

「それだけ母親が娘を溺愛しているのだよ。あるいは、後ろめたさがあるのかも」

「後ろめたさ？」

「娘が病がちなのは自分のせいだと、母親は思いこんでいるらしい。女房がそんなことを言葉の端々《はしばし》に匂《にお》わせていた」

「はあ。何があったかは知りませんが、それこそ母親の勝手な思いこみでしょうに。せいぜいがところ、もっと丈夫に産んでやればよかったとか、そういう意味合いなのでは？」

「女房の口ぶりでは、そんな雰囲気でもなかったような。もっと親しくなれれば、詳しく聞き出せそうだが」

お願いしますと言いかけ、そこまで寂漣に甘えるのはいけない気がして、希家はかろうじて言葉を呑み下した。

「いえいえ、これ以上、寂漣兄上のお手を煩わせるわけにはいきません。寺へはわたしが行ってきます。兄上は庵に戻って、ゆっくり休んでいてください」

「ひとりで帰り道が怖くはないか？」

わざと童扱いされて希家は苦笑した。

「是方がおりますし、今度は明るいうちに帰りますとも」

「そうしなさい。都はまだまだ物騒だから。——ああ、それから、三日目に九条《くじょう》家に戻る際のこともよくよく相談したいと、例の母君が言っていたよ。なんでも、まっすぐ九条家に戻るのは方角がよろしくないから勧めないと、陰陽師に忠告されたらしい」

「なんですか、それは。聞いておりませんよ、そんな話」

「むこうも大事な姫君のために万全を期しておきたいのだろう」

「それはそうでしょうけれど……」

九条の殿からは、くれぐれも粗相《そそう》のないようにと頼まれているし、あの母子には同情もしている。ご要望とあらば、極力かなえてあげねばなるまい。それでも、希家はやれやれとつぶやかずにはいられなかった。

「とりあえず、寺に行ってきます。その途中で八条御所にも立ち寄ってまいりますよ」

「ああ。気をつけて行っておいで。わたしも、宮さまのご機嫌が直ることを祈っておくよ」

そこはぜひにもお願いしますと、希家は真顔で寂漣に頼みこんだ。

御子左《みこひだり》の家を出て、寂蓮は嵯峨野の庵へと戻った。

日よけに菅笠《すげがさ》をかぶってはいたが、さすがに炎天下を歩き詰めで、僧衣の背中は汗でぐっしょりと濡れている。ようやく庵にたどり着き、庭の木陰に入っただけで、ふうと安堵の息がこぼれた。

が、彼はすぐさま表情を引き締めた。簀子縁の階《きざはし》に、直垂《ひたたれ》姿の男がすわっていたからだ。

「やあ。遅いお帰りで。お留守のようでしたので、勝手にあがらせてもらいましたよ」

相手は以前、ここに立ち寄り、水を所望した男だった。

寂蓮は何も言わず、水甕の前に進んで柄杓に水を汲み、喉を潤す。

さらさらと葉擦れの音がする中、直垂の男がまた言った。

「どうだ。女房からは何か聞き出せたか」

口調ががらりと変わっている。なのに、穏やかな笑みには変化がなく、だからこそ仮面をかぶっているかのような、うすら寒い感じが生じていた。

そんな、いかにも危なげなモノを相手に、寂蓮は淡々と返した。

「大したことは何も。姫は手がかからないが、母親のほうは気性が激しいので気を遣うとか、鎌倉に早く帰りたいとか、そういう愚痴《ぐち》を一晩中、聞かされただけですよ」

「坊主《ぼうず》は女に好かれる。うらやましい」

「うらやましがられるようなことは何も」

男は短く笑って、首を大袈裟《おおげさ》に振ってみせた。

「こちらは陰陽師のふりをして年増の泣き言に延々つき合っていたのだぞ。若い女房とよろしくやっていたおまえをうらやましがるのは当たり前だろうに」

「ですから、そのようなことは何もなかったのですよ」

否定すればするほど、嘘くささが増していく。寂漣もそれを自覚して話を変えた。

「それより、そちらの口のうまさに感心させられましたよ。陰陽師のふりがとてもお上手で」

「不安を抱えこんでいる者を操るのはたやすい。簡単すぎて張り合いがなかった。なあ、本当にあの母子は、中納言さまが思っておられるような相手なのか?」

さあ、と寂漣も曖昧に返すしかない。

「だとしたら、警備が薄すぎる。どうしても都に来たかったのなら、頼朝《よりとも》上洛の際に同行すればよかったものを」

「そこまで待てなかったのかも。本当に姫の病が重くて、一刻も早く都で加持祈禱を受けさせたかったのやもしれませんよ」

ふん、と男は鼻を鳴らした。

「ただの気の病のくせに大袈裟な」

その気の病がどれほど大きな影響を及ぼすか、彼はまるで意に介そうとしない。寂漣もわからぬ者には言っても無駄だと知っていて、その件に関しては口をつぐむ。乗ってこない寂漣に男は不満げだったが、「まあ、いい」とつぶやき、

「さて、首なし武者と遭遇してあの母子はどうなるかな。なんでも、義仲公《よしなかこう》の霊だという噂ではないか。もし、……だったとしたら、ただでは済むまい」

男はわざとらしく声をひそめた。寂漣は素っ気なく、

「それを見定めるための策でしょうに」

八条御所の周辺に首のない騎馬武者が出没する。どうやら、あれは木曾《きそ》義仲の亡霊らしい――

そんな噂は、希家に首なし武者のことを聞かされる以前から寂漣の耳に届いていた。情報源は目の前の男。久我《こが》中納言との仲介役だった。

首なし武者が本当に義仲公の霊なのかどうかは、どうでもよかった。ただ、それを使って、鎌倉から来た母子を揺さぶるのは有効かと思われた。その結果、彼女たちの素性がこ

ちらの予想どおりだと判明したなら、それこそいかようにも使える武器となる。うまくすれば、彼女たちの世話をしていた九条兼実《かねざね》を失脚させられるかもしれない。

もっとも、使う機会は慎重に探らねばならない。母子が希家の手を離れてからが望ましい。義理の弟までをもこんなことに巻きこむつもりは、寂蓮にはさらさらなかった。

彼の叔父で養父でもあった春成《しゅんぜい》は、藤原《ふじわら》の氏長者《うじのちょうじゃ》、兼実に仕えており、その縁で寂蓮も出家前から九条家に出入りしていた。入内前の中宮に和歌を教えもした。

だからといって兼実のやりかたすべてに賛同していたわけでもない。親鎌倉派たる兼実の動きは、法皇を、ひいては朝廷をないがしろにしているようにもその目には映った。朝廷が弱体化し、鎌倉に頼らざるを得ないとわかっていても、だ。そもそも、頼朝からして征夷大将軍《せいいたいしょうぐん》になろうというのなら、遠い東国ではなく、治天の君がおわす都に住まうべきだろうにと腹立たしくも感じていた。

いつから、そんなふうに考えるようになったのだろう。やはり、俗世を離れたのがきっかけだったように思う。それ以前とは何かが決定的に変わってしまった。御子左家の後継としての立場を希家に譲り、完全なる自由の境地を求めたはずだったのに、それを得られたように感じたのはほんの短い間でしかなかった。

予想外の懊悩《おうのう》を抱えてしまった寂蓮に、ひそかに近づいてきたのが久我中納言の手の者だった。そこから先は漆黒の闇路《やみじ》が続いていた。もはや、引き返せない。

「……明日はまた寺へと行ってきましょう。あの母子の動向をこの目でしかと見定めてまいります」

「連日、大変だな」

「これくらい、鵺の件に比べれば」

「場合によっては、鵺より大ごとになるぞ」

「そのときはそのときで」

さらりと言ってしまえる。寂漣にとって悩む時期はとうの昔に終わっていた。

男はにやりと笑った。

「そうか。頼もしいな。ところで、もしも首なし武者が義仲の死霊だったら、やはり法力で祈り倒し、調伏《ちょうぶく》してしまうのかな?」

答えは考えるまでもなかった。

「わたしにそのような力など微塵もありはしませんよ」

敬愛する義兄が何をしているかも知らぬまま、希家は是方を供として連れ、実家を出ると、まずは八条御所の式子のもとを訪れた。

いつもにこやかに対応に出てくれる女房たちは、

「あらあら、ようやくいらっしゃったのですね」

「宮さまは昨日、ずっと権少将《ごんのしょうしょう》さまを待ち続けていらしたのですよ」

と、希家をちくちく責めながら、式子の前に案内してくれた。針の筵《むしろ》の気分を味わっているところに追い打ちをかけるように、当の式子も他人行儀に御簾を隔て、開口一番、

「すっかり忘れられたものと思っておりましたわ」

と、切なげな口調で訴えてくる。

「申し訳ございません……！」

希家は床に額《こす》を擦りつけて謝罪した。彼があまりに恐縮するので、式子もまわりの女房たちもくすくすと笑い出した。

「そんなにおびえないで。本気で怒ったわけではありませんのよ。あなたのおかげで、あの歌が詠めたようなものですしね」

式子の言葉にホッとして、希家は顔を上げた。

「『君待つと』ですね。あれは確かに、素晴らしい歌でした。本歌の『君来ずは閨へも入らじ濃紫わが元結に霜はおくとも』よりも切なさ、艶やかさがずっと増していると、わが

兄とも今朝がた話したところです」

「まあ、寂漣どのと？　嬉しくも恥ずかしくもあること」

広袖《ひろそで》を口もとに押し当てて、式子は少女のように恥じらいつつ、

「本歌は殿方が友を待つ歌だから、大事な友人でもあるあなたを待つ歌としてふさわしいかと思って」

この時代の男は普通、女のもとへ通うわけだから、待つのは女の役となる。しかし、『君来ずは』の歌で待っているのは、元結を結っているから男であり、友人の来訪を待っていたのに待ちぼうけを食らってしまったとの解釈もできなくはない。もちろん、よんどころない事情があって、女が大胆にも男のもとへ訪ねていく手はずだったのに、それができなくなってと想像してもいい。

大事な友人であるあなたと言われて、希家は喜んだ。歌について式子とあれこれ語らうのは、彼の楽しみの中でもかなり大きなものだった。もっと式子と話していたかったが、今日はこれから寺のほうにも行かなくてはならない。陽はまだ高くても、この間のようにあちらで思いがけず時間をとられ、帰りが遅くなっては三度目の恐怖と遭遇しかねない。

名残惜《なごりお》しさをおぼえつつ、希家は謝罪をさらに重ねてから式子の前を退出した。ところが今度は、簀子縁に出た途端に、陽羽《ひわ》と鉢合わせになる。

「もうお帰りなのですか？　せっかく梨《なし》をお出ししようとしていましたのに」

彼女が捧げ持った折敷《おしき》には小ぶりな梨が盛られていた。瑞々《みずみず》しい果実に希家も食欲をそそられたが、そんな暇はないと首を横に振る。

「すまないね。これからまた寄るところがあって時間がないのだよ」

「権少将さまもお忙しいかたですね。でも、少しだけいいですか？　この間の――」

部屋の奥にいる式子に聞かれないよう気を遣ったのだろう、陽羽はぐっと声を落として告げた。

「首なし武者の話ですけれど」

希家はぎょっとして、たじろいだ。思い出しただけで、すうっと背すじが寒くなる。

「……首なし武者が、何か？」

聞きたくなかったのに、つい訊いてしまう。陽羽はそんな希家の葛藤《かっとう》などお構いなしに、とっておきの秘密を披露するようにささやいた。

「あれって木曾義仲公の霊だそうですよ」

「義仲公の？」

「はい。この近くで首なし武者に遭遇したかたは、ほかにもいるみたいで、それによると、武者の背後には二つ引きの紋を記した幟《のぼり》が翻っていたんですって。で、二つ引き紋は義仲公のしるしなので、首なし武者は敗死された義仲公だろうってことに」

「二つ引きの紋の幟？　それは見ていないが……」

「気が動転していて見落としたんじゃないんですか？」

「いや、二度目のときも見なかった」

「二度目があったんですか？」

陽羽が俄然、目をきらきらさせて食らいついてきた。

「え、いつですか。どうでしたか。一度目とどこか違っていたりしましたか。そもそも、どうやったら二度もそんな目に遭ってしまうんですか。やっぱり、あれですか、日頃の行いですか。予兆とか心当たりとか、あったりなんかはしませんでしたか」

矢継ぎ早に質問が飛んでくる。まるで異様になつっこい子犬に全力でじゃれつかれているようだった。かわいらしいと思う以前に、希家は陽羽のその熱意に圧倒されてしまった。

「心当たりなど、ないないない。代わってやれるものなら代わってやりたいくらいだとも」

「代わってくださいよぉ、本当にぃ」

駄々っ子のような口ぶりで身をよじっていた陽羽が、急にしゃんとして言った。

「決めました。わたし、その首なし武者と逢ってみます」

「は？」

希家は己の耳を疑ったが、陽羽は紛《まが》うことなき本気の目をしていた。

「二度あることは三度あると言いますし、きっと権少将さまといっしょなら、首なし武者に逢えますよね。次の夜歩きにはぜひとも同行させてください」

「正気か？」

まじまじとみつめる希家に対し、陽羽は「もちろん、正気です」と胸を張る。

「わたしには宮さまから和歌を学ぶほかにも、やらねばならないことがあります。お忘れですか。中宮さまのために面白い巷の噂話を集めなくてはいけないんです。首なし武者だなんて、絶好の題材ではありませんか。これを逃す手はありませんよ」

「ああ……。ああ、そうか……」

この子はこういう子だったなと、希家はしたくもない再認識をして、こめかみを押さえた。やめなさい、馬鹿《ばか》なことを考えるものではありませんと、真っ当な言葉が喉から出かかったが、それを言っても徒労に終わりそうな予感が同時にこみあげてくる。しかも、いまは陽羽にかかずらわっている時間がない。

「……わかった。とにかく、また今度な」

「絶対ですよ」

「わかった、わかった」

すべてを棚上げし、わかっているふりだけして、希家は陽羽の前から急ぎ足で逃げ出した。

殿舎の外で待っていた是方と合流すると、よほどくたびれた顔をしていたのだろう、是方が希家を見るなり、「宮さまはそんなにお怒りでしたか」と心配そうに訊いてくる。

「違う、違う。宮さまには許していただけた。これは陽羽のせいだ」

「ああ、あの半者《はしたもの》の。いま、宮さまのところにいるのでしたね。あの者がどうかしましたか？」

「首なし武者に逢ってみたいのだと」

「ありゃまあ。変わった娘ですねぇ」

ふたりは八条御所を出て、都大路を歩きながら話し続けた。夜は人影もない寂しい通りも、昼間は老若男女が行き交い、小さな子供らが走り廻っている。

このあたりで蹄の音が聞こえてきて、あのあたりから首なし武者が馬に乗って現れたのだったなと、希家は恐怖の二夜を振り返ってみる。路上に蹄の跡でも残ってはいないかと目を凝らすが、すでに多くの人馬に踏み散らされていて、特定の跡を見分けることなどできそうもない。

「……あの首なし武者は木曾義仲の霊らしいぞ」

「義仲公ですか。それならば納得です」

「納得できるのか」

「ええ。鎌倉の頼朝公が近々上洛してくるのでしょう？　ならば、鎌倉に恨み骨髄《こつずい》の義仲公の霊が荒ぶって出てきても、なんら不思議はございますまい」

「なるほどな。首なし武者出現の理由は恨みか」

「霊というものは、大抵恨みを訴えたいがために現れるのですよ。あな、おそろしや」

是方は両手をすり合わせて念仏を唱え出した。希家もそれに倣《なら》う。すれ違うひとびとが怪訝《けげん》そうに振り返るが、ふたりは気にしない。

「今日こそ明るいうちに戻りましょうね、希家さま」

「もちろん、そうするつもりだとも」

「絶対でございますよ」

「ああ、絶対だとも」

堅い約束を交わして希家たち主従は、やがて目的の寺院にたどり着いた。

鎌倉の母子は二日目の加持祈禱を受けている途中だった。邪魔をしないようにと、希家たちは別室に待機していたが、加持祈禱はなかなか終わらない。こうやって時間ばかりが過ぎていって、また帰りが夜になってしまうのではないかと希家は暗澹《あんたん》たる気持ちになった。

が、幸い、そこまで極端に長引きもしなかった。さっそく、希家は母子たちのもとに顔出しに行く。少女のほうは恥ずかしがって、すぐに奥へと引っこんでしまったが、母親のほうは愛想よく希家を迎えてくれた。どうですかと問えば、母親は饒舌《じょうぜつ》に、

「おかげさまで、娘の具合も前よりずっとよくなって。やはり、都の雅やかな風が身体によかったのでしょうね。もっと早くに来ればよかったですわ。この上は、都の数々の名所旧跡も訪ねてみたく、またそのように取り計らってもらえましょうか」

「ええ、それはもう」

希家はうんうんと何度も首を縦に振り、請け合った。九条家からも、彼女たちの要望は極力叶えるように言い渡されている。

「それから、明日、こちらから退出する際のことなのですが」

来るぞ、と希家は身構えた。

「その件ならばうかがっております。なんでも、陰陽師から九条家に真《ま》っ直《す》ぐ戻るのは方角がよろしくないと言われたそうで」

「ええ。方違《かたたが》えをと強く勧められました」

方違えとは陰陽道《おんみょうどう》の考えに基づくもので、目的地が不吉な方角に位置していると判じられた場合、前夜に違う場所で一泊し、方角を変えて再出発する風習であった。

「方違えですか。さすがに、いまからそれは難しいかと」

「わたくしもそう陰陽師に申しましたところ、では、せめて陽が暮れてから出立《しゅったつ》して、真っ直ぐに北上し、九条あたりで少し西に寄ってまた、北上していくのが望ましいと」

その道すじだと、夜に八条御所の近くを通過していくことになる。首なし武者との三度目の遭遇を果たしそうな予感がひしひしとしてきた。余計な口出しをしてくれたものだと、希家はその陰陽師を本気で恨んだ。

「いったい、どこの陰陽師ですか。そのようなことを申しあげたのは」

「昨日、こちらに参詣に来られたかたで、人相を観《み》ると言われたので、わたくしもつい軽い気持ちから」

軽い気持ちで面倒事を増やしてくれるなよと、希家は心の中で毒づいた。その気持ちを表に出さないように注意しつつ、

「方違えはもちろん、陽が暮れてからの移動も、正直、お勧めいたしません。都も夜ともなれば大路からもひと通りが絶え、何かと物騒ではございますし」

「ええ、ええ。ご無理は重々承知しております。けれども、陰陽師の忠告を無下《むげ》にして、娘に障りがあってはと思うと……。こちらの寺院での加持祈禱で、ようやく顔色がよくなってきたところなのに、その甲斐もあえなくなってしまいそうで……」

母親は急に声を震わせ、横を向いた。気の強そうな横顔に苦悩が色濃くにじむ。こみあげてきた涙をこらえようとしている顔だ。娘の体調がよろしくないことを、母親は自分のせいのように思い詰めていたという話を、希家はいやでも思い出した。

そんなはずはありませんよ。何があったのか、わたしに話してみてはくださいませんか。――と希家も言いたくなったが、立ち入ったことを訊くようで、どうしてもためらってしまう。

(寂蓮兄上なら、きっとさらりと言ってしまえるのだろうな)

忸怩《じくじ》たる思いを抱えつつ、希家は違う方向から母親の説得を試みた。

「実は……この道すじをお勧めしない理由がもうひとつありまして」

「なんでしょう、それは」

「陽暮れてからの八条界隈《かいわい》には首なし武者の亡霊が出るのですよ」

母親が目を瞠って固まる。やった、説得に成功した、と希家は安堵したが、それはほんのつかの間《ま》でしかなかった。

「何を言い出すかと思ったら」

母親は袖を口もとに当てて、くすっと失笑した。

「亡霊が怖いのですか？　死んだ者は何もできはしませんのに」

「なんとおっしゃいました？」

「ですから、亡霊などおそるるに足らないと言っているのです。それよりも、生きた人間のほうがよほど怖い。そもそも、ひとが生きる場所では、当然、ひとが死にます。ならば、亡霊が出るのは致しかたありますまい。見て見ぬふりをすればよいのです」

「いや、いやしかし」

希家は首を横に振りながら言葉を探した。彼女の言うことは理に適《かな》っていたものの、二度も首なし武者との遭遇を果たした希家には、致しかたないとはとても思えなかったのだ。

「ただの亡霊ではありません。首がないのですよ。なのに、馬に乗って颯爽《さっそう》と大路を駆け抜け――」

「駆け抜けていくだけですか？」

希家は二度の遭遇を振り返り、渋々《しぶしぶ》ながら認めた。

「はい。駆け抜けていくだけで……」

「ならば、大事ありますまい」

眉間《みけん》に皺《しわ》を寄せて沈黙する希家に、母親は諭《さと》すように言った。

「わたくしは武家の家に生まれ、武家に嫁《とつ》ぎました。血腥い出来事もそれなりに見聞きしてまいりました。都暮らしの深窓の姫君ではないのですよ。そのせいで死には慣れております」

式子内親王ならば口にするのも忌避する「死」を、彼女は臆せず言い切った。

「亡霊らしき影を見たり、怪しい物音を聞いたこともありますけれど、だからといって、いちいち怖がっていたら、きりがありません。避けては通れない道だと思っております。もちろん、わが娘にはそのような思いはさせたくありませんが……」

そこで母親は初めて言いよどみ、少しばかり思案してから、

「必ず出るとは限らないのでしょう?」

希家は八条御所に行くために、あの道をそれこそ数えきれないほど通った。そのうちのたった二回と言えなくもないが……。

「必ずではないようですけれど、このところ、よく出るようです」

少なくとも、わたしは二回当たりました、と心の中で付け加える。しかし、その声はもちろん、相手には届かず、

「ならば、明日は出ますまい。陰陽師の進言もありますし、何より、こちらのお寺の御仏がわたくしたち親子を見守っていてくださいますわ」

両手を合わせて、母親はにっこりと微笑んだ。どうあっても、自分の主張を通さねば気が済まないらしい。我を通すことに慣れてもいるようだった。希家はがっくりとうなだれ、

「……わかりました。では、明日、陽暮れてすぐの出立ということで牛車を手配いたします」

渋々ながら承諾すると、母親は床に三つ指をついて頭《こうべ》を垂れた。

「かたじけのうございますわ、権少将さま」

「いえいえ、これしきのこと。では、わたしは明日の手配がありますので、これで」

脱力気味な言葉で希家はその場を締めくくった。

首なし武者出没地帯は全速力で駆け抜けさせよう。自分も二度、遭遇して無傷でいられたのだから、三度目があったとしてもきっと無事に済むに違いない。——と自分に言い聞かせつつ部屋を出ると、会話が筒抜けだったのだろう、簀子縁に控えていた是方から恨みがましい視線を向けられた。

知らん顔をして歩き出せば、是方は黙ってあとからついてくる。その間ずっと、希家の

うなじには従者の視線がちくちくと刺さり続ける。

無言の圧力に耐えかね、部屋から充分に離れた渡殿の途中で、希家はくるりと振り返った。

「そんな顔をするな。話を聞いていただろう。仕方がなかったのだ」

「仕方がなくなどありますまいに。またまた首なし武者が出たらどうしますか」

「では、おまえならあの御夫人を説得できるというのか」

是方は腕組みをしてうーんとうなった。

「手強《てごわ》そうですね……」

「だろう？」

「仕方がありません」

是方はため息混じりにつぶやき、

「では、明日、あのかたがたをお望みどおりに陽が暮れてから出立させるとしてですね、お迎えに例の半者を同行させてはいかがでしょうか」

「陽羽をか？　首なし武者に逢わせてやるために？」

是方は首を横に振り、いいえと重々しい口調で告げた。

「首なし武者を撃退するためにですよ」

「撃退？」

思いがけない言葉に希家は目を剝いたが、是方は大真面目に、

「そうですよ。もちろん、九条家から護衛の者は出してもらえるでしょうけれど、死霊相手にどこまで通用するか、心もとないものがございます。その点、あの半者は源三位頼政《げんさんみよりまさ》の孫で、宇治の平等院では見事、鵺を射落とした弓の名手。妖物《ようぶつ》に対する気構えからして違います。きっと、義仲公の死霊からわれらを守り抜いてくれましょう」

「いや、あれは……」

「はいはい、わかっておりますとも」

幼い帝を悩ませた鵺は実はひとの仕業で、陽羽が宇治で射落としたのは野鳥であった。それを承知の上で、是方は言う。

「鵺はともあれ、あの娘の弓の腕自体は本物なのでありましょう？　しかも、自ら首なし武者に逢いたいと言っているのですから、願ったり叶ったりではありませんか」

「しかし、か弱い女童を危うい目に遭わせるのはどうかと」

自分で言っておいて、違和感に口の中がざらついた。陽羽の弓の腕前も、その豪胆さも、希家はよく知っている。彼女をそこらの女童と同列に考えるのは間違いなのだ。

それでもなお抵抗を感じるのは、式子のもとに陽羽を預けてまでして、姪を立派な女房

にしようと努《つと》める讃岐《さぬき》のことを考えてしまうせいだろう。讃岐とは歌を通じての交流もあり、昔から親しくさせてもらっている。あの老婦人を嘆かせたり、怒らせたりは、希家もしたくない。

「讃岐どのが知ったら、なんと言うか」

是方の返事は早かった。

「知らせなければよいのですよ」

「……そうか。知らせなければよいのか」

「希家さまは歌に関してなら頭が廻りますのに、どうしてほかのことには鈍《にぶ》いのでしょうねえ」

「これこれ。主人を鈍いなどと申すな」

「はいはい。失礼いたしました」

言葉とは裏腹に反省した様子はまったくない。希家はため息をつき、複雑な気持ちで渡殿の屋根より上に茂る青紅葉を振り仰いだ。まだ少々気が咎めたが、

(陽羽自身も首なし武者を見たがっていたし、あの娘がいてくれたら心強いのも事実だ。ここはひとつ、声をかけておくか……)

そう結論づけて、「よし」と気合を入れる。

「では、明日の件を急いで九条家に伝えて、それから、陽羽にも文を出しておこう。本当に首なし武者を見たいのなら、覚悟して出てこいと」

「そう来なくては。では、小弓も用意してやらねばなりませんね。運がよければ、頼政公の孫娘が義仲公の死霊を討ち取る場面を拝めるかもしれませんよ」

「それを運がよいというのか?」

「滅多に見られないものですよ。希家さまの歌心にも響くのではありませんか?」

「死霊退治の歌を詠めと? 馬鹿を言うな。紅旗征戎《こうきせいじゅう》、わがことに非《あら》ず。わたしは争い事は嫌いだ。そもそも歌とは」

「はいはいはい」

歌に関しては口を出すのではなかったなと言いたげな顔をして、是方は両手を挙げ、降参した。

夕刻になって、陽羽は希家からの文を受け取った。そこには、明日、洛南《らくなん》の寺から客人を九条家まで送り届ける旨に加え、出てこられるのならば警護役として同行してほしい、もしかするとお望みどおりに首なし武者に遭遇できるかもしれないぞと記されてあった。

陽羽が大喜びしたのは言うまでもない。

「もちろん行きますとお伝えください！」

返事の文を書くのももどかしく、文遣いの者に口頭で伝えた。その後はとてもじっとしていられなくて、誰かにこのことを教えたくてたまらなくなった。

だからといって、式子に事情すべてを明かすわけにはいかない。寺に行きたいので出かけさせてくださいとは言えても、首なし武者の件はこのまま秘密にしておいたほうがい
い。絶対に心配されて引き留められてしまう。北の対の女房たちも同様の理由で対象からはずれる。となると、自《おの》ずと選択肢は限られてくる。

陽羽は女房たちに気取《けど》られないように気を配りつつ、庭伝いに西の対へと向かった。

西の対の姫宮が「障りのあるかた」と見做《みな》され、忌避の対象であることは理解していた。正直、猫の墓が並ぶあの庭はどうかと陽羽も思う。けれども、姫宮自身に障りがあるとは感じない。むしろ、首なし武者が義仲公の霊だと教えてくれた彼女なら、明日の計画を面白がってくれるのではないかと期待できた。

黄昏の光を浴びた西の対は、誰もいないかのように静まり返っていた。木立から降りしきる蝉の声も、この庭ではなぜか、いっそうの哀調《あいちょう》を帯びて聞こえる。可憐《かれん》に咲く撫子の花も、どこか寂しげだ。

陽羽はとりあえず猫の墓にひとつひとつ手を合わせ、それから殿舎のほうへ近づいた。静かでも、こちらに向けられる視線にはすでに気づいていた。なので、御簾を押しやり、姫宮が袿の裾を引きつつ、簀子縁にお出ましになっても、別段、驚きはしなかった。

「また来ました」

明るく挨拶をすると、姫宮は「そのようだな」と素っ気なく言って簀子縁に腰かける。陽羽は階の下に立って姫宮を見上げ、単刀直入に、

「実はわたし、明日、首なし武者を見に行くことになったのです」

陽羽の唐突すぎる宣言に、姫宮はゆっくりと首を傾げた。その動きに合わせて、長い黒髪が肩の上をさらさらと流れていく。

「明日？」

「はい、そうです」

陽羽は興奮した体で、明日の計画をひととおり説明した。姫宮は瞬きをくり返しつつも黙って耳を傾け、陽羽が語り終えてから冷静に言った。

「鎌倉からの客人を護衛、か……」

「はい。いかにも首なし武者が現れそうではありませんか」

「どうかな。首なし武者が出るとは限るまいに」

「いいえ、出ますよ。首なし武者が本当に義仲公の霊ならば、わが恨みはいまだ尽きじと鎌倉方に知らしめる絶好の機会ですし」

「絶好か？」

「都のはずれでちまちまやっているよりは、よろしいかと。きっと、そのひとたちが鎌倉に帰ってからも『都で義仲公の霊を見た！』と伝えてくださるでしょうし。それに、一度ならず二度までも首なし武者と遭遇した奇特なかたがいっしょなのですから、期待はできます」

姫宮は複雑な面持ちになってつぶやいた。

「その者も不幸な」

「大丈夫ですよ、歌人ですから。そういう不幸も経験のひとつとして、きっと歌作りに役立てられましょう」

他人事とばかりに陽羽は適当に言ってのける。彼女のはしゃぎぶりがおかしかったのだろう、姫宮が小さく笑った。

「そなたは死霊が怖くはないのか？」

「怖いですけれど、どきどきわくわくもいたします。死霊が出るとおびえているひとびとがいるのなら、そのかたたちのためにも及ばずながら何かしたいとも思っています」

「ほう。何ができる？」

「自分で言うのもおこがましいですが、弓の腕前には少々自信がありまして」

陽羽は両手を挙げ、弓に矢を番《つが》える姿勢をとった。

「宇治の平等院では、主上《おかみ》を悩ませる鵺を射落としてみせました」

きりきりと架空の弦《つる》を引き絞り、陽羽は黄昏の空に見えない矢を放った。シュッと矢が飛ぶ音、その軌跡さえも心に思い描くことができる。同じものを見るように、姫宮も視線を遠くに飛ばす。

「なるほど……。確かに使えるようだな」

「大和にいたとき——あ、わたし、大和国の小さな尼寺で育ったのですが、草深いところで、猪《いのしし》がしょっちゅう畑を荒らしに来るのです。鹿《しか》も出ますし、熊《くま》も出て、そんな獣たちを狩るために弓の腕を磨《みが》いたわけで。お寺に世話になっているのに殺生に手を染めるのはいかがなものかと悩んだこともありましたが、でも、そうしないとわたしたちも生きてはいけませんでしたから」

「たくましいな」

姫宮はまぶしそうに目を細めて陽羽をみつめる。その表情と得《え》もいわれぬまなざしに、陽羽は急にどきりとした。

照れ隠しに視線をそらすと、猫の墓のひとつが視界に入った。あれがあるせいで、北の対の女房たちから「障りのあるかた」などと言われてしまうのにと、陽羽は急に腹立たしくなった。

（もったいない。こんなにきれいで、それこそ都中の公達から求愛されていてもおかしくないかたなのに、障りがあるだなんて言われて）

どうにかならないものかと義憤に駆られ、差し出がましいながらも訊いてしまう。

「気が滅入《めい》りません？」

「何がだ」

「だって、外に目を向ければ、六基もあるお墓のどれかひとつは必ず目に入りますでしょうに。そもそも、お住まいのこんな近くにああいうものを拵《こしら》えるのもどうかと思いますが」

「あれはあれで便利なのだ。あれがあるおかげで、よその女房たちは怖がって西の対に近寄らなくなった。特に北の対の女房たちが。あの者たちの主人は、退下してもなお、聖なる斎姫のままだからな。死穢《しえ》には特に敏感になっている」

「ひと除《よ》けのためでしたか。でも、ほかの者ならばともかく、斎院の宮さまは姫宮さまの伯母上なのですよ。そんなに避けずとも。もしや、お嫌い……」

立ち入り過ぎたか、と口をつぐむ陽羽に、

「嫌いではない。素晴らしいかただと思っている。『魂の緒よ』の歌などは、あのかたにしか詠めないだろう」

「だったら」

「供養のためでも、もちろんあるのだ」

姫宮は陽羽の発言を封じるようにかぶせ気味に言った。

「あれは——ある夜のことだった。わたしは猫の鳴き声で目醒めた」

姫宮は六基の墓を眺めやり、感情のこもらぬ口調で話し始めた。

「最初はどこから聞こえてくるのかもわからず、微かな鳴き声だったので夢の続きかとも思った。だが、そのうち、わたしが横たわっている真下から聞こえてくることに気がついた。小さな声はひとつではなく、幾つか重なり合っていて。それで、猫が床下で子供を産み落としたのだとわかった。まだ夜明け前だった。朝になったら、八重たちに床下を探らせてみようと思い、わたしは再び寝入った。翌朝、起きたときにはもう子猫の鳴き声は聞こえてこなかった。床下を探させると、息も絶え絶えの親猫と、すでに死んでいる子猫が五匹、みつかった。親猫もそのあと、子猫たちを追うようにすぐ死んでしまった。わたしがあのまま寝入らず、すぐに床下を探らせていれば、何匹かは生き残ったかもしれないと思うと、せめて墓くらいは作らずにいられなかった。あれは、わたし自身への戒《いまし》めでもあるのだ」

式子ならば言いよどむであろう死の描写も、自責の念に関しても、姫宮は顔色ひとつ変えずに語りきった。聞き役の陽羽のほうが悲痛な表情になってしまっている。

「それは、運が悪かったとしか。姫宮さまがそこまで思い悩むことはないかと……」

しかし、姫宮は慰めを拒むように緩《ゆる》く首を振って立ちあがった。

「とにかく、明日行くのならば気をつけるように。相手は死霊だ。くれぐれも深追いはするでないぞ」

思いがけず気遣いの言葉をもらって、陽羽はびっくりした。

「あ、はい。お気遣い、ありがとうございます」

身体をふたつに折って、勢いよく頭を下げた。すぐにまた顔を上げたが、そのときにはもう姫宮の姿は簀子縁になく、御簾がわずかに揺れているだけだった。

翌日、希家は九条家から借り受けた空の牛車に付き従って寺へと向かった。行きにも護衛の武士はついていたが、帰りは夜になったため、頭数が多少、増やされていた。だが、それでも、不安は完全には払拭《ふっしょく》されない。

「相手は死霊ですからねえ」

同行した是方が、まるで希家の不安を読み取ったかのように言った。

「でも、大丈夫でしょう。あの半者が来てくれれば」

「……そうだな」

希家も不承不承、認めた。陽羽とは寺で合流することになっている。迷いはしたが、あの子に声をかけておいて正解だと希家は思った。

目的地の寺に到着してすぐに、最後の加持祈禱が始まった。希家も一日目のときと同じように、同席させてもらう。

歴史ある御堂に朗々と響く読経の声。もったいなくもありがたい、御仏の慈愛のまなざし。それらを鎌倉の母子たちとともに感受しつつ、希家はこっそりと彼女たちの様子をうかがった。

たった三日間の寺籠もりで劇的な変化が訪れるとは、希家も期待してはいない。だが、少なくとも、この母子にとっては良い方向に進んだのだろう。姫君の線の細さ、頰の白さは相変わらずだったが、いまは心穏やかな体で手を合わせ、読経に聞き入っている。

（陽羽のようにとまではいかずとも、あの子の活力のせめて二割くらい、分けてあげられ

たなら）

他人事ながら、そんなことを思っているうちに、加持祈禱は恙《つつが》なく終わった。

その後も、寺の僧侶ひとりひとりに母親が挨拶をしてと、時間はかなりかかった。方違えを勧めてくれた陰陽師にも挨拶をしたいと言われたが、その男はすでに前日の朝、寺を離れており、それればかりか誰も彼の名や住まいなど詳しいことを知らなかった。希家にしてみれば、これ以上、余計な入れ知恵をされてはたまらないと思っていたところだったので、むしろ好都合とも言えた。

陽もだんだんと傾いていく。出立の時は刻々と迫っていた。

ようやく挨拶を済ませて、鎌倉の母子とお付きの若女房が牛車に乗りこんでくれた。これで、いつ出立してもよくなったのだが、

（陽羽はまだか……）

出立前に寺まで来るよう、文で約束を取り交わしていたのに、陽羽はまだ現れない。あの子が怖気《おじけ》づくはずがないと希家も思うものの、ひょっとしたらとの考えがむくむくと大きくなっていく。

出来る限り陽羽を待ちたかったが、そういうわけにもいかなかった。このうえは、彼女なしで帰路を駆け抜けるかと腹をくくり、希家が牛飼い童に指示を出していると、

「お、お待ちください！」

衣を頭からかぶった、被衣《かつぎ》姿の陽羽が、はあはあと息を切らして山門から駆けこんできた。彼女は希家の前で立ち止まり、

「すみません、出てくるのに少々手間取ってしまいまして」

「遅いぞ、こら」

「申し訳ありませんでした！」

勢いよく身体をふたつに折って頭を下げた。そう派手に謝られると、年少者を一方的に苛《さいな》んでいるように思われはしないかと、不安になってくる。実際、寺の僧侶や護衛の武士たちが奇異の目でこちらを見ているのが痛いほど感じられた。

牛車の後面の御簾を上げて、母親のほうが「何事ですか？」と訊いてくる。娘のほうも、母親の陰から顔を覗かせている。

「いえ、大したことでは。この娘が、夜道は不安なので同行させてほしいと無理強《むりじ》いしてきて、なのに遅れてきたものですから」

希家の適当な言い訳に、

「それほど待たされたわけでもありますまいに。わたくしたちも支度に手間取りましたもの」

と母親は言って、牛車の御簾を下ろす。不審がるどころか、逆に陽羽の擁護《ようご》をしてもらえ、希家は内心、ホッとした。

「ほら、もういいから。早く顔を上げなさい」

はい、と元気よく返事をして陽羽は顔を上げ、希家ににこっと笑いかけた。これから、首なし武者と相対しに行くとは思えないような、天真爛漫な笑顔だ。

(これは相当な強者《つわもの》だな)

希家はあきれると同時に、頼もしく感じずにはいられなかった。

是方が陽羽のもとに駆け寄り、「どうぞ、これをお持ちください」と小弓と矢を差し出す。うわあっと、陽羽が驚きと喜びが混じった声をあげる。

「ありがとうございます、権少将さまの従者どの」

「どうぞ、是方とお呼びください」

友好を深めるふたりを眺め、希家は心中複雑であった。たとえて言えば、自分だけに懐《なつ》いていると思っていた子犬がほかの者にも尾を振っているのをまのあたりにした感じであろうか。

実に大人げない感情を持て余し、希家は横を向いた。と同時に、またひとり、寺の山門をくぐってくる。菅笠をかぶった若い僧侶だ。希家は思わず声をあげた。

「寂漣兄上！」

駆け寄る希家に、寂漣は菅笠を下ろして笑いかけた。

「なんとか間に合ったようだな」

「どうなさったのですか、兄上」

「心配になって。わたしも同行したい。構わないか？」

「もちろんです。寂漣兄上がいてくだされば、これほど心強いことはありません」

「おやおや。わたしは一介の僧侶に過ぎないよ」

それでも、武勇に秀でた陽羽と、信頼する義兄が来てくれたことで、希家の心は格段に軽くなった。

ほどなく、牛車は寺から出立した。鎌倉からの母子とお付きの若女房を乗せた牛車を、牛飼い童や松明《たいまつ》を掲げた従者のみならず、武装した武士が囲んで進む。希家は牛車のすぐ脇に徒歩《かち》で付き従った。陽羽と寂漣は遠慮がちに後方から付いてくる。

夜空には細かな砂子《すなご》のような星々が無数に散っていた。

寺を出てから真っ直ぐに北上。九条あたりで少し西に寄ってから、また北上。一行は陰陽師が忠告したとおりに進んでいく。希家は牛車に付き添いながら、周囲に目を配っていた。

（ちょうどこのあたりだったな……）

いつものように、陽が暮れるとともに大路からはひと通りが絶えて、夏の熱気も夜風によってどこかへさらわれてしまった。ぞくぞくと背すじが寒くなるのは、単純に夜気のせいか、首なし武者の恐怖を思い出したからか、それとも何かの予兆なのか。

三つ目の理由ではありませんようにと、希家は願わずにはいられなかった。同じことを考えているのか、是方の横顔も強ばっている。大丈夫か、と彼に話しかけようとしたそのとき――

カツ、カツ、カツと蹄の音が聞こえてきた。

希家と是方は互いに顔を見合わせた。起こってほしくなかった三度目の事態が起きたぞと、ふたりはおののく。

警護の武士たちが怪訝そうにあたりを見廻す。牛飼い童は特に反応もしない。彼らは首なし武者の噂をまだ聞いていなかったらしい。

牛車の物見の窓があいて、母親のほうがちらりと顔を覗かせた。亡霊が出るのは致しかたないと豪語した彼女だったが、夜道で実際に蹄の音を聞くと、不安にならずにはいられなかったようだ。

「権少将さま……」

希家はひとさし指を唇の前に立てて、静かにしているようにと指示する。母親は小さくうなずいて物見の窓から離れた。母上、と姫君がか細くつぶやくのが車内から聞こえた。大丈夫ですよ、と母親が娘に応える。狭い牛車の中でしかと抱き合う母子が見えるようだった。同乗の若女房もきっと心底おびえているに違いない。彼女たちをなんとしても無事に九条家まで送り届けねば、と希家は改めて心に誓い、震える奥歯を噛みしめた。

(蹄の音がするからといって、首なし武者とは限らない……)

どうか間違いであってほしいと強く願ったのに、その願いは天に届かなかった。大路の果ての暗がりに、より濃い影となって騎馬姿がひとつ、浮かびあがる。その者には、首がない。

護衛の武士が悲鳴混じりの声をあげた。

「なんだ、あれは!」

牛飼い童が甲高い悲鳴をあげて地面にへたりこんだ。激しい動揺に、従者たちのかざす松明も揺れる。

死霊を乗せた葦毛の馬が、ひときわ強く大地を蹴った。そのまま、カッ、カッ、カッと足音高く、こちらに向かって一直線に走りこんでくる。

そして、馬上の首なし武者が抜刀した。

(太刀を抜いた……!)

希家は愕然とした。一度目の遭遇時には首なし武者はこちらに気づかず、二度目は太刀の柄に手をかけて追ってはきたものの、結局何もせずに走り去った。しかし、三度目は――

先頭にいた武士が、大声をあげて太刀を構える。が、それより早く、首なし武者の太刀のほうが空《くう》を薙《な》いだ。次の瞬間、太刀を握った武士の腕が断ち斬られ、路上にぼとりと落ちる。一拍遅れて、腕を斬られた武士が魂消《たまぎ》るような悲鳴を放った。

恐怖の悲鳴をあげたのは、腕を落とされた武士だけではなかった。従者たちは松明を取り落として、我先にと逃げていく。それを見て、武士たちまでもが蜘蛛《くも》の子を散らすように逃げ出し始めた。

「こ、こら! 逃げるでない!」

是方が両手を振り廻して怒鳴《どな》ったが、誰も聞いてはいなかった。

堂々たる葦毛の馬に、首のない鎧武者。しかも武者は弓手《ゆんで》に手綱を握って、馬手《めて》だけで太ぶりな太刀を軽々と操っている。見てくれの迫力だけでなく、剣の腕前も相当なものだと、武士ゆえに悟ってしまったのだろう。傷ついた仲間を引きずって逃げただけでも、まだましだったかもしれない。

たちまち護衛がいなくなり、牛車の周辺は希家と是方、地面にしゃがみこんでしまった牛飼い童だけとなった。少し距離をおいてついてきていた陽羽と寂漣が急いで駆け寄ってきたが、それでもこの五人では心もとなさすぎる。

首なし武者は武士を斬った直後にきびすを返して元の位置に戻り、そこで太刀についた鮮血を振り落とした。闘志が夜気に陽炎《かげろう》のようににじみ出ている。いつまた走りこんできてもおかしくはない。

そんな強敵を前に、陽羽は被衣を脱ぎ捨て、小弓を構えた。寂漣も腰を落として錫杖《しゃくじょう》を構える。

「権少将さまは牛車といっしょに逃げてください」

陽羽がそう言えば、寂漣も、

「ここは任せて」

と迷いなく言ってくれる。逃げ出した武士たちに聞かせてやりたいくらいだった。彼らもまさか、首のない死霊を相手にすると予想していなかったろうから、責めるのは酷かもしれないが。

「無理はしないでくださいよ、兄上、陽羽」

ふたりにそう告げてから、希家はしゃがみこんでいる牛飼い童を早口で急かした。

「牛車を動かすのだ。早く、早く、早く」

「は、はい」

希家の気迫に圧《お》されて、牛飼い童は牛にすがりつつ立ちあがった。

「ど、どこへ行けば」

「このすぐ近くの、八条御所へ」

逃げこむ場所として、希家の頭に咄嗟に浮かんだのがそこだった。

「八条御所の北の対には斎院の宮がお住まいになっている。わたしの名を出せば、きっと匿《かくま》ってくださる」

物見の窓から母親が顔を出して、「これは、これはいったい……」と震え声で訴える。

本物の首なし武者の出現に、さしもの彼女も亡霊などおそるるに足らないと豪語できなくなったらしい。

「わたしの昔からの知己が住む邸がすぐそこにあります。ひとまず、そこに」

牛車が動き出した。牛飼い童が必死に牛を追い立て、脇の小路《こうじ》へと牛車を進ませる。希家と是方は牛車の両脇《りょうわき》を固めて走る。

暗い小路に入っていきながら、希家は後ろを振り返った。

陽羽と寂漣はもはやこちらを一顧《いっこ》だにせず、首なし武者と対峙《たいじ》している。彼らの構えに隙はない。仮に陽羽が危うくなったとしても、きっと寂漣が冷静に状況を判断し、退却するよう計らってくれるだろう。その点は、陽羽ひとりに任せるよりもずっとましだった。

それでも、希家はその場から離れていきながら、どうか、無理だけはしてくれるなよと祈らずにいられなかった。

五

魂《たま》の緒《を》よ

小路に入った牛車の車輪の音が、次第に遠ざかっていく。陽羽《ひわ》の耳はその音を拾いながら、目はしっかりと馬上の首なし武者に向けていた。

話に聞いたとおり、相手には首から上が何もない。その出で立《いた》ちで武士たちを圧倒し、彼らを退散させた。陽羽が逃げ出さなかったのは、事前に情報を得ていたからに他ならない。

(葦毛の馬に、唐綾威《からあやおどし》の鎧、大太刀と重籐弓《しげどうゆみ》……)

希家《まれいえ》から聞いたとおりの堂々たる騎馬姿だ。首がないのが本当に惜しい、と陽羽は思った。

西の対の姫宮《ひめみや》から聞いた、二つ引き紋の幟《のぼり》は見えない。これでは、首なし武者が本当に木曾義仲《きそよしなか》の霊かどうか、わからない。

「義仲公」

陽羽は小弓に矢を番えながら、呼びかけた。

「あなたは本当に義仲公なのですか」

首なし武者は何も言わない。発声する器官が失われているのだから、それも致しかたあるまい。その理屈で言うなら、陽羽の呼びかけも聞こえなかったことになる。

どうして、こうまでして、かような姿をさらさねばならないのか。哀れな、と陽羽は思った。戦に敗れた亡魂が恨みつらみを訴えたくて現世をさまようのは、彼女も理解できなくはない。しかし——

陽羽は路上に散った鮮血に目をやった。牛車の中の母子がおびえている様子も、見てはいないのに容易に想像できた。亡魂が地上をさまよい、苦しみを訴えるだけならまだしも、無関係な生者に害を為すようになっては見過ごしにできない。生きていようが死んでいようが、やっていいことと悪いことが変わらずあると、陽羽は大真面目に考えていたのだ。

カッと馬の蹄が地面を蹴った。こちらに向かって葦毛の馬が疾走を開始する。

陽羽は小弓の弦を引き絞り、第一の矢を放った。首なし武者が携えた重籐弓と比べれば、子供のおもちゃにも等しい小型の弓だ。しかし、小さい分、反発力は大きく、矢は疾風《はやて》のごとく飛んでいく。そのままだったら、間違いなく首なし武者の胸を射貫いていただろう。

だが、射られる寸前、首なし武者が太刀を振るった。陽羽が放った矢は、武者の胸を貫く前に薙ぎ落とされてしまう。

陽羽は急いで次の矢を番えた。構えたときにはもう、目前に馬が迫っていた。

高くいないて、馬が前脚を振りあげる。蹴り飛ばされる、と陽羽が思った刹那《せつな》、寂《じゃく》漣《れん》が彼女を小脇《こわき》に抱えて横ざまに跳んでいた。

ざんっと砂を散らして着地し、寂漣は直後に陽羽を解放する。陽羽はそのまま大地に転び伏した。

首なし武者を乗せた馬は方向転換し、再び突進してくる。寂漣は錫杖《しゃくじょう》を両手に握り、逃げるどころか真っ向から相手に向かって走りこんでいく。彼の豪胆さに陽羽は仰天した。

「寂漣さま!」

無理です、と続けて言いかける。それより早く、首なし武者が大太刀を振るった。

ぎらつく凶刃は確実に獲物の動きを捉えていた。が、寂漣はぎりぎりのところでその下をかいくぐる。相手の真横につくや、彼はその場で高く跳び、錫杖を打ちこんだ。

金輪のついた先端が首なし武者の脇腹を強打する。衝撃に首なし武者の上体が揺らぎ、そのままどさりと落馬する。

陽羽は快哉《かいさい》を叫んだ。

「やった！」

正直、寂漣に知性は感じても、腕力にまでは期待していなかった。彼に求めていたのは、僧侶としての法力だったのだが、そういったものは一切なしで、いきなり錫杖を振り廻すとは。嬉しい誤算としか言いようがなかった。

乗り手を失った馬は、そのまま走り去ってしまった。置き去りにされた首なし武者は低くうなりながら、少しずつ身を起こす。

錫杖に横腹を打たれた際に、結びの紐《ひも》が切れたらしく、鎧の胸板が大きくずれてしまっていた。そこから長い髪がずるりとはみ出してくる。

陽羽はぎょっとして身を硬直させた。寂漣も何事かと驚愕《きょうがく》に目を見開く。

首なし武者はその懐《ふところ》に女の生首を隠し持っていたのか――と一瞬、見えたのだが。

事実は違った。

首なし武者の鎧の下から出てきた女の首は、苦悶《くもん》の表情を浮かべて咳きこんでいた。その間、武者の上半身は前屈《まえかが》みになって揺れているだけだった。間近にすると、どうしても作り物感がぬぐえない。と言うか、首なし武者は完全に作り物だった。夜目と遠目と恐怖心が見る者を惑わせていたのだ。

苦しげな咳がある程度収まると、女は陽羽と寂漣を睨み返してきた。苦痛と怒気で赤黒く染まるその顔には、生気と闘志がみなぎっている。死者ではない。それどころか、陽羽にはその顔に見おぼえがあった。

「あなたは……」

西の対で姫宮を守り、侵入者の陽羽に対して露骨な警戒心を見せていた女房のひとりだ。確か、名は八重《やえ》といったはず。

「この女を知っているのか?」

寂漣の問いに、陽羽はうなずくのが精いっぱいだった。

首なし武者が死霊ではないことは、八重が武者の懐から顔を出して咳きこんだ時点で判明していた。首のない武者の上半身を作り、八重がそれを被衣の要領でかぶっていたのだ。そんな状態で馬を乗りこなすばかりか大太刀を振り廻すとは、にわかには信じがたいが、八重はそれをやってのけた。ただの女房にできる技ではない。

なぜ、こんなことを、と陽羽は八重に質問をぶつけようとしたが——まるでそれを阻止するかのように、夜陰に馬のいななきが高く響く。

陽羽と寂漣は、いななきが聞こえてきた方向を同時に振り返った。

暗い大路のむこうから、あの葦毛の馬がゆっくりと歩んできていた。馬の真横には、手綱を引く人影が付き添っている。

背の高い女だった。右手に手綱を握り、左手には幟の柄を握っている。白い幟に黒く描かれたのは丸に線を二本引いた、二つ引きの紋。

木曾義仲の紋だ。

こちらを冷徹にみつめる女は、静かな戦意を身にまとっていた。彼女にも陽羽は見おぼえがあった。西の対で八重とともに姫宮を守護していた、もうひとりの女房だ。

「……藤裏《ふじうら》、さま？」

陽羽の呼びかけを無視し、藤裏は幟を投げ捨てるや、葦毛の馬にひらりと跨がった。間髪を容れずに馬の脇腹を蹴って、猛然と走らせる。

陽羽は咄嗟に矢を三本握り、突進してくる藤裏めがけて続けざまに射かけた。藤裏は臆せず、身を低くして矢を次々に躱《かわ》す。三本中、一本も当たらない。

「どきなさい」

寂漣が陽羽の前に立ち、錫杖を振った。が、藤裏は錫杖を蹴り飛ばし、ひるんだ寂漣の首をむんずとつかんで吊《つ》りあげた。

大の大人を腕一本で吊りあげるなど、驚異の剛力《ごうりき》としか言いようがないが、藤裏はそれを軽々とやってのける。寂漣が懸命にもがくも放そうとしない。寂漣の顔が苦痛と驚愕に歪むのに対し、藤裏は無表情のままだ。

陽羽の脳裏に、木曾義仲の愛妾《あいしょう》、巴御前《ともえごぜん》が敵の将を討ち取った際の描写が浮かんだ。

――むずととッてひきおとし、わが乗ッたる鞍の前輪におしつけて、ちッともはたらかさず、頸《くび》ねぢきッてすててンげり。

このままだと、寂漣の首もねじ切られてしまう。

「寂漣さま！」

陽羽は間近に踏みこんで、藤裏に射かけた。それまではことごとく外していた矢も、寂漣を助けねばとの思いゆえか、今度は過《あやま》たず、藤裏の腕を貫く。

さすがに藤裏が寂漣を放した。寂漣の身体は大地に落ち、そのそばを藤裏を乗せた馬が駆け抜けていく。カッ、カッ、カッ、と蹄の音は遠ざかっていき、幸いなことにもう戻ってはこない。

「大丈夫ですか、寂漣さま」

陽羽が急いで寂漣を抱き起こした。寂漣は痛みに顔をしかめつつも、

「大丈夫だ」

としわがれ声で応え、数回咳きこんだ。彼の首には絞められた痕が赤く残っている。痛々しくは見えたが、首をねじ切られるよりは遥《はる》かにましだった。

見廻せば、藤裏ばかりでなく、八重もいつの間にか姿を消していた。陽羽たちが藤裏と

対戦していた間に逃げ出したに違いない。

「あの女たちを、知っているのか？」

首を手で押さえて問う寂漣に、陽羽は迷わずうなずいた。

「はい。ふたりとも、八条御所の西の対の女房たちです」

「なんだって？」

「西の対には以仁王《もちひとおう》さまの忘れ形見である姫宮さまがお住まいで、あのふたりは姫宮さま付きの女房でした」

「なぜ、女房が」

「わかりません。わたしはあのひとたちの名前くらいしか知りません」

八重と藤裏。理由はまだ不明だが、彼女らが共謀して首なし武者を騙《かた》っていたのは間違いない。では、彼女らの主人である姫宮はこのことに関与しているのか否か。

関与しているに違いないと、陽羽は心の中で断じた。首なし武者は義仲公の死霊だと教えてくれたのが姫宮だったからだ。希家は最初と二度目、首なし武者と遭遇した際に幟は見なかったと証言していた。後付けで姫宮が幟の話を持ち出し、辻褄を合わせるために藤裏が幟を現場に持ちこんだと考えれば、説明はつく。

だとしたら――八条御所を避難場所に選んだのは、かえって危険だったかもしれない。

「権少将《ごんのしょうしょう》さまは八条御所に向かいましたよね」

陽羽の言葉に、寂漣もさっと顔色を変えた。

「急がないと。権少将さまの身に何かあったら」

「そのときは、わたしがあの女たちを本物の死霊に変えてやろう」

出家の身でありながら、寂漣は物騒な台詞《せりふ》をためらわずに吐き捨てた。彼が本気であることは、その表情からも明らかだ。陽羽は驚くと同時に、そこまで、弟君の身を真摯《しんし》に案じていらっしゃるのだと感嘆せずにはいられなかった。


八条御所の門前に牛車を停《と》めて、希家と是方《これかた》は閉ざされた門扉《もんぴ》を力いっぱい連打した。

「権少将希家でございます。開門を、どうぞお願いいたします」

「開門を！　開門を！」

ふたりで大声で呼ばわり続ける。牛車の中からは鎌倉の母子たちが心配そうに彼らを見守っている。首なし武者がすぐにも追いついてきそうで希家は気が気でなかったが、そんな事態になる前に、顔見知りの家人が何事かといぶかしみつつ門扉をあけてくれた。

「夜分に申し訳ないが、斎院の宮さまに取り次いでいただきたい。それから、この牛車を中に入れてやってはくれまいか」

懇願《こんがん》しながら、希家は鎌倉の母子たちが乗っている牛車を振り返った。車の前面の御簾は半分ほど上がっていて、抱き合う親子と、車中の隅《すみ》で泣きじゃくっている若女房の姿が見えた。牛はまだ体力が残っていそうだったが、牛飼い童の顔は恐怖と疲労がない混ぜになって真っ青だ。

九条《くじょう》家まで彼らが持ちこたえられるかどうか、判断は難しい。やはり、八条御所でいったん落ち着かせるべきだと希家は思った。

「すまない。ここしか、すがるところが考えつかなかったのだ。宮さまにはご迷惑になるかとは思ったが、どうか取り次いでもらいたい」

懸命に頼みこむと、家人はためらいつつも門扉を広くあけて牛車ごと希家を中に迎え入れてくれた。地獄で仏とはこのことだ、と希家は大きく安堵の息をついた。

さっそく、是方が牛車から母子と若女房を降ろす。希家は事情を説明するため、ひと足先に式子《のりこ》のもとへ赴いた。

まだ宵のうちで、式子は文机に向かって書を読んでいるところだった。希家が急ぎ足で現れ、簀子縁と廂の間との境に平伏すると、式子は驚いて腰を浮かせた。彼女のまわりに控える複数の女房たちも、怪訝な表情を隠せない。

「まあ、権少将。突然、どうしたと……」

「夜分に申し訳ございません。しばし、こちらの場をお借りしたく」

希家のただならぬ様子に、式子はわずかに眉根《まゆね》を寄せ、

「それは構いませんが、何があったというのです？」

こうなっては事情を明かさぬわけにもいかない。実は、と希家は切り出した。

鎌倉の公文所《くもんじょ》別当ゆかりの女人が、病気の娘を伴って上洛してきたこと。自分は九条家の殿から、彼女らの世話をするよう仰せつかったこと。いまは、加持祈禱のために寺院に三日間籠もっていた彼女たちを、九条家に送り届けようとする途上であること。それらを順に語って、希家は一拍おいて息を整え、いちばん言いにくいことに言及した。

「ところが、このあたりに差しかかったところで、わたしたちの前に……出たのです。首のない騎馬武者が」

ひっ、と女房たちの間から声があがった。恐怖に震える彼女たちは、同僚同士で身を寄せ合い、広袖で顔を覆っている。怖がらせてしまって申し訳ないと希家も思ったが、どうしようもない。

「警護の者を増やし、それなりに対処していたつもりでした。ですが、武者の一刀で仲間が傷ついた有様《ありさま》を見せられるや、武士たちは途端に逃げ出してしまい」

話の途中で、是方が鎌倉の母子と若女房を連れて庭先にまでやってきていた。不安げな面持ちで待機している彼らを、式子が見やって、

「あちらが鎌倉から来られたかたがたなのですね？」

と問う。はい、と希家が応えると、

「お気の毒に。さぞや怖かったことでしょう」

式子は痛ましそうにつぶやいた。やはりこのかたにすがって正解だったのだと、希家は胸をなでおろした。

「そういえば陽羽は？」

この場にいない女童を探して、式子は周囲を見廻す。主人の疑問を解消するために女房のひとりが、

「叔母君の讃岐《さぬき》さまに呼び出されたとかで、夕刻から出ておりますが……」

そういうことにして出てきてくれたらしい。だが、ここに至ってはもう隠し立てできまい。希家は正直に打ち明けた。

「陽羽なら弓で首なし武者に立ち向かっております」

当然ながら、式子は驚きに目を瞠った。

「なんですって？」

「首なし武者をぜひともこの目で見てみたいと、陽羽にせがまれたのです。あの娘の弓の腕前はわたしも知るところであります。源三位《げんさんみ》頼政《よりまさ》公の孫娘ゆえに、肝も相当すわっております。護衛の任を放り出して逃げていった武士たちとは比べものになりません。それに、わが義兄、寂漣もいっしょです。あのふたりなら、首なし武者を倒せぬまでも、足止めをしてくれるのではないかと」

事実、あのふたりはここにたどり着くだけの時を稼いでくれたのだ。陽羽にも寂漣にも、いくら感謝してもし足りないくらいだった。

式子は、一気に与えられた情報を精査するように瞬きをくり返し、つぶやいた。

「首のない、武者」

神聖な巫女姫にこんな話を聞かせる羽目になったことを残念がりつつ、希家はうなずいた。

「木曾義仲の霊だと聞いております」

「義仲公の」

式子は見た目、冷静だったが、まわりの女房たちは激しく動揺していた。そして、死霊が現れたと聞いておびえているのは、彼女たちばかりではなかった。鎌倉の母子に付き従っていた若女房が、木曾義仲の名を聞いた途端、悲痛な声をあげたのだ。

「よ、義仲公の……！」

その声の激しさに、全員が驚いて彼女に注目する。若女房は恥も何もかなぐり捨てて、金切り声でわめきたてる。

「きっと、きっと、わたしたちの命を獲ろうとして、あの世から戻ってきたのですわ。これは怨霊《おんりょう》の祟《たた》りなのです。あのかたの、ご子息の命まで奪ってしまった、わたしたちへの恨みつらみを晴らさんと……！」

意味のよくわからないことをわめき立てる若女房を、彼女の女主人である、公文所別当ゆかりの女人が叱責《しっせき》した。

「お黙りなさい」

鋭い一声に、若女房が途端に沈黙した。希家たちもその気迫に息を呑む。

若女房を黙らせた彼女は、鶴《つる》のようにすっと背すじをのばすと、式子のほうを向いて一礼した。

「お見苦しいところをお見せしました。ご無礼は平《ひら》にお詫び申しあげます」

その口調、たたずまいに凜とした力強さがみなぎる。死霊の影におびえ、泣いていてもおかしくないこの状況で、彼女は急に毅然とした態度を示した。さながら、偽りの衣を脱ぎ捨てるかのように。

「鎌倉の公文所別当ゆかりの……とは、事を大きくさせぬための方便でございました。わたくしは娘の病気治癒を願い、古刹での加持祈禱を受けるため、はるばる上洛してきた東国の女であることに間違いはありませんが」

頭《こうべ》を上げて、彼女は誇らしげに言った。

「鎌倉では御台所《みだいどころ》と呼ばれております、北条《ほうじょう》家の者でございます」

この時代、嫁したところで女人の姓は変わらない。源頼朝《みなもとのよりとも》の御台所——正室の名は北条政子《まさこ》だ。

希家も式子もすぐには言葉が出なかった。彼らに代わって、「ええっ！」と大声をあげたのは、ちょうどそのとき北の対の庭に踏みこんできた陽羽だった。その後ろから寂漣も続いて現れる。

状況を一瞬、忘れて、希家は思わずつぶやいた。

「陽羽、寂漣兄上……、無事だったのですね」

陽羽はうなずき返し、

「はい。はい。わたしたちは無事です。それより……」

もの問いたげな視線を、鎌倉から来た女人に向けた。再び、場の注視が彼女——政子に集中する。政子はおもむろに言葉を継いだ。

「もはや隠し立てはいたしますまい。わたくしは鎌倉から、娘の大姫《おおひめ》の病気治癒を願って上洛してきました。早ければ秋にも夫の上洛が実現するのだから、それに同行すればよいのにと、再三、まわりからも勧められましたが、わたくしは待てなかった。いままでにも上洛の話が出ては潰《つぶ》れてきましたから。今度こそと言われても、とても信じられなかったのです。幸い、九条の摂政《せっしょう》さまがすべて良きように取り計らってくださって、わたくしたちは都に無事、到着いたしました。それから先は、権少将どのがご存じですわよね」

政子に急に話を振られ、希家は大いに戸惑い、

「いえ、わたしは加持祈禱がうまくいったとしか……。公文所別当ゆかりのかたとしか聞いておりませんでしたので……」

しどろもどろになる彼に、政子は柔らかなまなざしを向ける。

「加持祈禱の甲斐あって、娘の大姫もだいぶ具合がよくなって。こんなことならば、もっと早くに都に来ればよかったと悔《く》やんだくらいでしたわ。そんな矢先に首なし武者の噂など聞いても、噂は噂、おそれるに足らずとしか思えませんでした。ただ、大姫には聞かせたくなかった」

政子は自分の十二歳の娘を振り返った。彼女、大姫は寺を出てきたときからずっと黙りこんでいた。若女房のように取り乱しはしていなかったが、顔色はお世辞にもいいとは言

えない。騒ぐ気力すらなくしているように見えた。

「その亡霊ですが」

寂漣が一歩、進み出て言った。

「この娘の放った矢を身に受けて、さしもの首なし武者も驚いたらしく、あの場からすぐに逃げ去っていきました」

この娘、と言いつつ、陽羽のほうを手で指し示す。希家や是方はもう驚きもしなかったが、式子とその女房たちや政子たちはさすがに目を瞠った。

「ですが、まだ近くに潜伏していないとも限りません。積もる話はこの際おいて、しばし、この八条御所にて御婦人がたを休ませてはいただけませんでしょうか」

寂漣に乞われて、式子もすぐに気持ちを切り替え、

「そうでしたわね。政子どの、どうぞこちらへ」

次いで女房たちを振り返り、彼女はさっそく指示を飛ばした。

「お客さまのために部屋を調えて。急いで」

ついさっきまで首なし武者の恐怖におののいていた女房たちも、ひとたび女主人の命を受けると、はいっと返答をして、きびきびと動き出した。女房の鑑《かがみ》ともいえる働きぶりであった。

鎌倉からやってきた母と子は、北条政子とその娘の大姫だった。

衝撃の告白を受け、北の対では彼女らに失礼のない対応をすべく、几帳や円座《わろうだ》などが奥からあわただしく運び出されていた。

その途中で、陽羽は現場からこっそりと抜け出していた。夜の暗さと庭の前栽をうまく利用していたために、誰にも気づかれていない——と思ったのだが。

「こら。どこへ行く」

背後から突然、声をかけられ、陽羽はびくりとして振り返った。希家にみつかったかと思ったのだが、後ろにいたのは寂漣だった。

「寂漣さまでしたか……」

「どこへ行くのかと訊いているのだが」

「えっと、ちょっとそこまでです」

「西の対か」

ずばりと当てられてしまい、陽羽は困って眉尻を下げた。

「さっき、前栽の後ろで御台所の告白を盗み聞きしていた誰かとも関連があるのか」

「それにもお気づきでしたか……」

政子が自らの素性を明かしていた間、八条御所に遅れてたどり着いた陽羽は、あんぐりと大口をあけて告白に聞き入っていた。その一方で、北の対の庭の隅に身をひそめ、話を聞いている何者かの存在も察知していた。話が一段落したところで、その者は物音ひとつ立てずに庭から離れていった。行き先は西の対のある方向だった。

（もしかして、姫宮さま？）

女房たちの件もある。希家たちの動向を探りに、姫宮ないし西の対の女房がそっと様子をうかがっていた可能性は高い。

「首なし武者を騙っていたのは、西の対の女房だったというが」

「ええ。そのことも含めて、確かめに行きたいのです。斎院の宮さまや権少将さまにお話しするのは、それからでも遅くはないかと」

「先に当人たちの事情を聞いてから、か……。はたして、素直に話してくれるかな？」

「やってみないことにはわかりません」

「だから、やってみると？」

寂漣は露骨に不服そうな顔を見せたが、それも長くは続かなかった。止めても無駄だと悟ったのだろう。

「わかった。だが、わたしも行く。西の対の女たちが不審な動きを少しでも見せたら、そのときはそれなりに対処させてもらう」

「と、おっしゃいますと？」

寂漣は応える代わりに、手にした錫杖の先で軽く地面を突いてみせた。先端の輪形に通した複数の遊環《ゆかん》が触れ合い、しゃらんと音を立てる。錫杖を武具として使い、闘うとの意思表示に相違なかった。

ずいぶんと好戦的なと、陽羽は内心、おののいた。状況として、そうなるのもやむを得まいと思う一方、寂漣にそうはさせたくなくて、陽羽はわざと明るく振る舞う。

「なんだかすごいですね、寂漣さまは。意外にお強いですし、こちらが思っていたのとだいぶ違うというか。ひょっとして、ただのお坊さまではなかったりします？」

戯れのつもりでかけた言葉に、寂漣の視線がたちまち険《けわ》しくなった。殺気にも似た鋭い眼光に、陽羽はぞっとした。

だが、寂漣はすぐに視線を足もとに落とし、

「――わたしは一介の僧侶に過ぎない」

堅い口調で言い訳のようにつぶやいた。なのに、そう言っておきながら、

「ただし、御子左《みこひだり》家とその後継である弟のためならば、どのようなことにも手を染める

つもりでいる」

このひとならばそうするだろうなと、陽羽ももう薄々気づいていた。普段の理知的で穏やかな様子とはまた違う顔を、寂漣は隠し持っていると。

だが、それを希家に言っても信じてもらえるかどうかは、はなはだ疑問だった。希家が寂漣を信頼し、尊敬しているのは傍目にも明らかだ。下手をすると、兄上を誹謗《ひぼう》中傷するなと怒られかねない。いや、それ以前に寂漣から口封じとして何かされかねない。これまでは考えもしなかったが、いまの寂漣からはそんな危険な香りが嗅《か》ぎ取《と》れてしまって仕方がない。

「はい……。わかりました……」

陽羽はそう言うしかなかった。少なくとも、希家に関する発言だけは本物だと思えたからこそ、それができた。

一抹の不安を抱えながらも、陽羽は寂漣と西の対へと向かった。夜ということもあってか、西の対は相変わらず静まり返っていた。けれども、御簾のむこうには燈台の火が揺れて、その明かりが近くに座す人影を淡く浮かびあがらせている。

陽羽はその背格好から、人影は姫宮のものに違いないと確信して呼びかけた。

「姫宮さま――」

人影は微動だにしない。それでも、陽羽は続けた。

「そこにおいでですよね。そして、ついさっきまで、北の対の庭にひそんでいらっしゃいましたでしょう？　話はすべて、お聞きになっていたのですよね？」

ゆらりと人影が立ちあがる。御簾に近寄り、簀子縁へと出てくる。陽羽が予想したとおり、人影は小袿姿の姫宮であった。彼女は寂漣を無視して、陽羽に言った。

「気づいていたのか」

「はい」

「首なし武者の正体を斎院の宮さまには言ったのか？」

いいえと、陽羽は首を横に振った。

「その前に、こっそり北の対を抜け出してきました。あちらはいま、鎌倉からのお客人をもてなすのに大わらわです。おうかがいを立てている暇などありませんでした。それに――」

陽羽は大きく息を吸ってから、言葉を継いだ。

「何か事情があるのでしたら、まずはそれを姫宮さまご自身からうかがいたいと思いまして」

ふっと姫宮が笑う。

「陽羽は強いな。弓の腕だけでなく、心も強い」

思いがけず褒められ、照れてしまった陽羽はとりあえず頭を下げた。

「あ、ありがとうございます」

姫宮に丸めこまれないよう気をつけなくては、と自分に言い聞かせてから、

「あの、それで、こちらのおふたりの女房がたは……」

「藤裏の傷の手当てを八重がしていたところだ」

姫宮は後ろを振り返り、肩越しに呼びかけた。

「八重、藤裏。いや……」

途中で言葉を切って、言い換える。

「山吹《やまぶき》、巴《ともえ》」

その名前は、と陽羽は息を呑んだ。

さらりと御簾が揺れて、ふたりの女房たちが姿を現した。八重――山吹は悔《くや》し泣《な》きでもしていたのか、目が赤くなっている。藤裏――巴のほうは己の腕を軽く押さえている。陽羽が射貫いた場所だ。袿の袖で隠れていて見えないが、おそらくもう傷の手当ては済んでいるのだろう。

「あの、そのお名前は」

我慢できずに陽羽が問いただそうとすると、姫宮は薄く微笑んで、

「そうだ。八重、藤裏と呼んでいたのは、この者たちの素性を隠すために他ならない。このふたりは、木曾義仲に仕えていた女武者、山吹御前と巴御前だ」

寂漣が息を呑む音が聞こえた。やはり、と思いつつも、陽羽も身震いを禁じ得なかった。

「どうして、そのおふたりが……」

「そもそも、義仲は以仁王が発した平家追討の令旨に呼応して挙兵した。また、義仲が平家を追い落として都に入った頃、以仁王の遺児たる北陸宮《ほくろくのみや》を次の帝にと法皇に進言した。その願いは叶えられなかったわけだが、かように、義仲と以仁王には縁がある。その縁を頼って、義仲を失い行き場をなくした山吹と巴は、以仁王の育ての親、八条御所の女院さまのもとに身を寄せたのだ」

姫宮の説明に、山吹と巴は黙って耳を傾けている。

「敗者だからといって、基本、女は殺されはしない。戦場からでも女は見逃してもらえる。しかし、武者として戦果をあげていた巴たちをどう見るかは微妙なところだ。それでも、女院さまは彼女たちを匿うことに決め、わたしの女房として付けてくれた」

「義仲公が敗死されたのは六年前ですよね……」

「ああ。六年ずっと、ここにいる。誰にも気づかれずに」

「ならば、どうしていまごろ、義仲公の亡霊を騙って」

問いながらも、理由は薄々察していた。

「それはもちろん、頼朝の上洛が近いからだ」

陽羽が想像していたとおりに、姫宮が言う。

「六年前の戦など、もはや忘れ果てたような顔をして、都人はのうのうと暮らしている。かつては義仲を持ちあげ、すっかり増長させてしまった朝廷が、いまは鎌倉に恥じらいもなく尾を振っている。まるで遊び女《め》だ。節操のなさに目を覆いたくなる」

「けれど、あなたは覆わなかった」

姫宮は陽羽をひたと見据えた。その瞳は宵闇《よいやみ》の中にあってさえも黒々として、本当に吸いこまれてしまいそうだった。姫宮の瞳の魔力に負けぬよう、陽羽はありったけの気力をかき集めなければならなかった。

「首なし武者の噂が広がって、頼朝公の上洛が取りやめになればいいとでも、お考えでしたか」

「そういうことも考えた」

姫宮は正直に認めた。

「だが、もっといい手もある」

その唇に、姫宮は毒のある笑みをうっすらと生じさせた。

「ひと足先にひそかに都入りしていた御台所と一の姫が、首なし武者に無惨にも殺されてしまったら？　それが木曾義仲の霊のしわざだと頼朝が知ったら？　あの男はどう思うだろうか？」

「姫宮さま！」

思わず、陽羽が声を大きくした。その途端、山吹と巴が殺気を迸《ほとばし》らせ、姫宮をかばうように前に出る。

身の危険を感じ、ひるんだ陽羽の前には、錫杖を構えた寂漣が進み出た。

女房のふりをしていた女武者ふたりと、僧侶が真っ向から睨み合う。いつ死闘が始まってもおかしくない、ひりひりした空気が流れる中、姫宮が気だるげに手を振った。

「譬《たと》え話だ。双方、落ち着け」

山吹と巴が、すっと一歩ひいた。それを見て、寂漣も構えを解き、一歩さがった。陽羽は鼓動が速くなった胸を押さえて、深く息をついた。

「……そうですね。ただの譬え話ですよね。あなたはそんな非道な真似はなさらない。だって、猫のお墓を六基も作るようなお優しいかたなのですから」

陽羽の発言を否定するように、姫宮はゆるく頭《かぶり》を振った。

「前にも言っただろう。あの墓は、ひと除けのためでもあると。この西の対に義仲の残党がひそんでいることは、わたしと女院さまと、ほんのひと握りの者しか知らない。その中に斎院の宮さまは含まれていない。なのに、あのかたは伯母、姪のよしみで何かと声をかけてくる。それがわたしには重かった。だから、聖なる宮が忌避するようなものを、あえて庭に置いたのだ」

ちらりと寂漣が庭の積み石に目をやる。あれが墓か、と彼は声に出さずにつぶやいた。出家の身ゆえか、特に墓を厭う様子は見せない。だが、この時代では彼の平静さのほうが珍しい。

「北の対ばかりでなく、東の対の女房たちも、皆がわたしを気味悪がってくれる。おかげでこちらは気楽に過ごせる」

「そんな……」

気味悪がられて、それで気楽だなどと、陽羽には姫宮が強がっているとしか思えなかった。

東の対は小さな子もいて、とてもにぎやかで、北の対には実の伯母がいて常に気にかけてくれている。なのに、姫宮はそれらすべてに背を向けている。敗残の将の残党を匿っているがために。

世間との交流を完全に絶っても、八条の女院の後ろ盾があれば何不自由なく暮らしていけるだろう。が、いくら女院のいちばんのお気に入りとはいえ、その女院も永遠に生き続けるわけではない。突然、後ろ盾を失ったら、どうするつもりなのか。それでもなお、この先ずっと、父の以仁王から負わされた重荷とともに生きていくというのか。

「だったら、いっそ」

山吹と巴を追い出すことはできないのか。そう言いたかったが、とても言えそうになかった。

山吹と巴は、お前の意見など不要だと言いたげに、冷たくみつめ返している。姫宮も彼女たちが自分のそばにいて当たり前と思っているふうだ。木曾義仲が死してからの六年間。その潜伏期間で、強い絆が彼ら三人の間にできあがっているのだとしたら、何を言っても無駄かもしれない。

陽羽は打ちのめされた気分を嚙みしめながらも、せめてこれだけははっきりさせなくてはと、言葉を無理やり押し出した。

「政子さまや大姫さまに、まだ手出しをなさるおつもりで?」

「いや。そもそも、軽く脅かすだけのつもりだったのだ。首なし武者の、木曾義仲の霊の話を鎌倉でばらまいてくれれば、それでいい。頼朝の上洛阻止とまでは行かずとも、多少は溜飲《りゅういん》が下がる」

姫宮は面白くもなさそうに、ふっと短く笑った。

「もしかしたら、御台所あたりは都は危ないと判断し、大姫の入内話をあきらめるかもしれないな」

「えっ？　入内？」

陽羽は目をぱちくりさせて聞き返した。

「大姫が誰のもとに入内されるのですか？」

「今上帝に決まっているではないか」

呆《あき》れたように姫宮は言った。

「今上帝は十一歳。大姫は十二歳だ。歳まわりも近く、釣り合いがとれている」

母親の陰で、青ざめた顔をして震えていたあの少女が、中宮《ちゅうぐう》さまの競合相手になる。

そう考えただけで、陽羽は顎《あご》がはずれそうなほどの大口をあけてしまった。

「藤壺《ふじつぼ》の中宮は十八、梅壺《うめつぼ》の女御《にょうご》は二十歳。歳の離れた妃ばかりを相手にしていた今上帝にとっては、さぞや新鮮に映るだろう。しかも、大姫の後ろ盾は鎌倉の頼朝。九条の摂政も、久我《こが》の中納言も、大姫入内が実現すれば戦々恐々だな」

姫宮の片頰《かたほお》に皮肉っぽい笑みが刻まれた。陽羽にしてみれば、とても笑える話ではない。

「では、大姫さまの入内を阻止なさるおつもりで……」

「それは考えていない。巴たちも、頼朝はともかく、政子や大姫にまで恨みはない」

いや、そこは阻止しましょうよと言いたかったが、陽羽は行儀よく口をつぐんだ。

「むしろ——これも話しただろう、あの者たちは鎌倉にいた義仲の息子の義高《よしたか》を逃がそうとした。山吹も巴も、そのことについてはむしろ感謝しているそうだ。残念な結果になりはしたが、な」

ふたりの女武者は痛ましげに目を伏せた。主君とその子息の死に、彼女たちが深い自責の念をいだいていることが、そのしぐさで十二分に伝わってくる。

陽羽は困惑した顔で寂漣を振り返った。寂漣も、この事態にどう処すべきか、迷っているようだった。希家にも首なし武者の正体はまだ告げていないし、いまなら、寂漣にさえ口止めすれば、巴たちのことも秘密にしておける……。

（でも、それだと、鎌倉の御台所さまと大姫さまは、病気治癒のためにはるばる都までやってきたのに、怖い思いをしただけになりかねない）

せっかくの加持祈禱も、その帰り道で義仲の霊に遭遇したとあっては、効果は相当薄れよう。むしろ、病がいっそう悪化しかねない。それでは、大姫が気の毒すぎる。頼朝と義仲の間に因縁《いんねん》はあっても、娘の大姫は無関係のはずなのに。

どうにかしたい。どうにかしよう。そう思ってしまった陽羽は、よし、と自分に気合を入れて姫宮に向き直った。

「う、恨みがないのなら、あのかたたちを助けてやってください」

「あのかたたち?」

「御台所さまと大姫さまです」

唐突な発言に、姫宮だけでなく巴たち、寂漣も何事かと目をしばたたく。陽羽はひるまず、続けた。

「それが山吹御前と巴御前の名を秘し、首なし武者の正体もばらさないことへの交換条件です。要求を飲んでくださらないのでしたら、ここに義仲の残党が隠れていると、あちこちに訴えます。朝廷がどう出るかは知りませんが、鎌倉は絶対に黙っていないはずです。きっと、巴御前たちは捕縛されて――」

「わたしを脅すのか」

「脅しではなく取引です。御台所さまと大姫さまに恨みはないとおっしゃったではありませんか。でしたら、義仲公の祟りはあのかたがたには及ばないと、そう思わせるようなことをしてくださいよ」

「どうやって」

「だからぁ……」

らぁ……と長く尾を引きながら、陽羽は懸命に考えた。しかし、頭の中は真っ白で、何も思いつかない。らぁ……だけが、無意味に長く延びていく。

身体を動かすのは好きだが、頭を働かせるのは苦手だった。こんなふうだから、和歌が作れないのだなと、陽羽は哀しく再認識する。だが、いまはそんなことも言っていられない。なんとかしないとと、ない頭を力いっぱい絞る。

絞っても絞っても何も出ない不出来な頭が、我ながら情けなかった。くやしさに奥歯を嚙みしめ、それでもあきらめずに絞る頭に、しゃん――と金属の触れ合うきれいな音が響き、陽羽はハッとして目を瞠った。

響いたのは、寂漣の持つ、錫杖の遊環が揺れる音だった。

「拙僧は加持祈禱の寺院にて、御台所さまに付き従っていた若女房と話す機会があったのですが」

そう前置きして、寂漣は静かに言った。

「大姫さまの病は、許嫁《いいなずけ》の義高どのを死なせてしまった罪悪感から来るもの、とお見受けしました。なるほど、それでは木曾義仲公の霊との遭遇が、大姫さまの心に新たな傷となって刻まれることは避けられますまい。それがこちらのかたがたの目的かとも思いましたが、お話を聞くに、それは拙僧の邪推にすぎなかったようで」

いかにも、と姫宮は硬い口調で応じた。

「大姫に恨みは欠片《かけら》もない」

「ならば、ここは陽羽の申すとおり、取引と参りませぬか」

「何をせよと」

警戒する姫宮に向けて、寂漣は大きく両手を広げてみせた。墨染めの広袖が、寂漣の優美な立ち姿にさらに厳《いか》めしさを添える。

「これは、病に苦しむ、いたいけな少女を救うための仕儀」

妙に芝居がかった文言、所作ではあった。姫宮と巴たちは胡散《うさん》くさそうに、陽羽は彼らとは逆に、期待の熱いまなざしを寂漣に向ける。寂漣はあの希家の従兄にして義理の兄。きっと妙案をひねり出してくれるはずだと、陽羽の期待は否応《いやおう》なく高まっていく。

果たして、寂漣は落ち着きはらった体で言った。

「これから、北の対の庭に首なし武者を出現させるのです」

「北の対に?」

姫宮のつぶやきに、はいと寂漣は応えた。

「当然、騒ぎとなりましょう。おそれおののく皆さまの前で、拙僧が祈り、武者を鎮めます。とはいえ、残念ながら、わたしは未熟者にて、怨念《おんねん》を鎮められるほどの法力は備えておりません。ですから、そこは巴どの……は負傷されておりますから、山吹どのに演じてもらうことになりましょうか。かくして、義仲公の霊が成仏するその光景をまのあたりにすれば、大姫さまの御心も安らかになり、病もきっと癒えることと思われますが、いかに」

山吹と巴は戸惑いがちに互いの顔を見合わせた。姫宮は目を眇《すが》め、検分するように寂漣をじっとみつめている。

「……そもそも、そなたを信じていいものかどうか。山吹たちの話では、僧侶のくせに派手な立ち廻りを披露し、相当怪しげであったというが」

姫宮の口調には不信感がにじみ出ている。山吹と巴の視線にもだ。

陽羽も、その反応は無理もないと思った。彼女自身、寂漣がわからなくなっていたからだ。だが、そこはさておき、じっとしていられなくなった陽羽は、咄嗟に寂漣の擁護に廻った。

「怪しくないですよ。いえ、怪しいですけど」

「どっちだ」

姫宮に問われて、あわてつつも、陽羽はとにかく続けた。

「わたしもまさか、こちらの寂漣さまがこんなに腕が立つだなんて知りませんでしたから、ものすごく怪しいなぁとは思います。でも、このかたは権少将さまの兄上で、とにかく弟君が大好きで、その弟君が御台所さまたちのお世話を九条の殿さまから仰せつかっているんです。いくら怪しくとも、弟君の不利益になるような真似は絶対になさらないと、わたしは勝手に思っております。ですから、いまの提案も大丈夫なのではないかと。うまくいけば、誰も傷つけずに丸く収まるのではないかと、勝手にそう思っている次第です。はい」

勢いだけの発言で、根拠も薄い。とはいえ、嘘だけは一片もなかった。寂漣は希家を傷つけたくないはず、とそこだけは陽羽も確信していたのだ。

熱意はきっと伝わったのだろう、

「誰も傷つけずに、か……」

姫宮は思案するように目を閉じた。陽羽ははらはらしながら返答を待った。

再び開いた姫宮の目には、挑むような強い光がともっていた。瞳はまるで、磨きこまれた黒曜石のようだ。

「わかった。その話、乗ってやろう」

巴たちを振り返り、「おまえたちも、よいな?」と念を押すのも忘れない。不承不承ではあったものの、ふたりの女武者は首を縦に振った。

よしっ、と陽羽は両のこぶしを強く握りしめた。

「じゃあ、成仏大作戦ですね!」

陽羽が考えた作戦名に、誰ひとりとして賛成してくれなかった。

北の対の一室から、是方が膳《ぜん》を下げて出てくる。簀子縁で待ち構えていた希家は、膳の上の夕餉《ゆうげ》がほとんど手をつけられていないのを見て嘆息した。

「無理もないか……」

ですね、と是方は小声で応えて、膳を厨《くりや》へと運んでいく。簀子縁にひとり残った希家は、腕組みをして再度ため息をついた。

急遽《きゅうきょ》、北の対に設けられた一室に政子たちを休ませ、食事なども出したのだが、とても手をつける気分ではなかったのだろう。まだ宵のうちではあるが、褥のほうを早々に用意させたほうがいいかもしれないと希家は思った。

式子のほうから、今宵は泊まっていかれたほうがと勧めてくれたので、ここは甘えさせてもらうつもりになっていた。九条家にも、移動中に障りがあり、八条御所に寄らせていただいた旨はすでに知らせてある。このまま宿泊させてもらえることになった、と再度伝えておけばいいだけの話だ。

思いがけない方違えとなった。陰陽師の占いはやはり当たるのだなと、真相を知らない希家はうなる。

「こんなときに、陽羽はどこへ行ってしまったのか」

独り言《ひとりごと》ちていると、まるでそれを聞きつけたかのように、庭先の前栽をがさがさと揺らして陽羽が姿を現す。

「陽羽、いままでどこにいたのだ」

非難がましく問う希家に、陽羽は潔く謝罪した。

「すみません、首なし武者に関して、いろいろありましたので、そのいろいろを片づけに行っておりました」

「いろいろとは?」

「それはちょっと、いまは話す時間がなくて。でも、あの首なし武者の正体はわかりましたから」

希家は簀子縁の勾欄《こうらん》(手すり)から身を乗り出した。

「正体がわかった？　義仲公の怨霊ではなかったのか？」

「それはそうなんですけど、中身は違ったというか。でも、義仲公だったということにしておいて、これからやりたいことがありまして」

「何がなんだか、さっぱりわからん」

「成仏大作戦です」

「ますますわからん」

「とにかく、その、あれですよ。ええっと、宇治でやったような、あれを、今度は寂漣さまの采配《さいはい》で、急遽、こちらの北の対のお庭でやろうかなぁと」

「は？　寂漣兄上が何にどう関わってくると？」

「ですから、その、大姫さまの病を治すためにですね」

陽羽は急に両手を大きく広げると、声を低くして重々しく告げた。

「これは、病に苦しむ、いたいけな少女を救うための仕儀」

「……は？」

妙に大仰なしぐさと声音が、かえって謎を深めただけだった。

「あれ？　権少将さまのように頭のいいおかたなら、察してくださるんじゃないんですか？」

「ひとのせいにするな。まったく説明になっていないぞ」

わけのわからなさに、希家はだんだん腹が立ってきた。陽羽もあきらめたのか、真面目な顔になって口調も改める。

「じゃあ、ざっと言いますけれど、これから北の対の庭に首なし武者がやってきます」

「はあ？」

「それを寂漣さまが成仏させますから、権少将さまは邪魔にならない程度に怖がったり、他のかたがたをなだめたりして、うまく場の調整をしてください。お願いします」

「ざっとしすぎだろうが、おい」

「まだ納得してくれないんですか」

「無理を言うな。何を企んでいる。それを教えてもらわないことには、こちらもやりようが——」

「わかりました、わかりましたから。もう。あとでゆっくりお話しするつもりだったのに。ええっとですね、こちらの西の対には以仁王さまの姫君がお住まいで。そのかたは、縁あって巴御前と山吹御前をずっと匿っていて。首なし武者の正体は、その山吹御前のほうで。と申しますか、ふたりの共同作業だったようですけれど。で、このままだと大姫があまりにお気の毒ですので、なんとかしてくださいって頼みこんだ結果、これからなんとかすることになったんです。だから、何が起きようとも適当に驚くだけにして、邪魔だけは絶対にしないでやってくださいね。以上です」

「……おい」

一気にまくし立てられた真相を、希家もさすがに消化しきれずにいた。ちょっと待てと抗議したくなるのが人情というものだろう。

だが、待ってもらえる時間などもうないのだと、希家はすぐに悟った。北の対に馬のいななきが響き渡ったからだ。

「さっそくか!」

「では、頼みますよ」

いきなりすぎて固まる希家の前から、さっと陽羽が姿を消す。呼び止める間もなく、近くの遣戸があいて中から政子が青ざめた顔を覗かせた。

「いまのいななきは、まさか——」

式子たちがいる部屋のほうでも、女房たちがにわかに騒ぎ出していた。ここにいるべきか、あちらに向かうべきか、それとも陽羽を追うべきか。希家が迷っていると、一頭の馬が前栽の緑を散らし、突如、庭へと駆けこんできた。

馬上には、首のない武者が跨っている。手綱を操る傍ら、もう一方の手には抜身の大太刀を握りしめている。気丈な政子も、ひっと声をあげて、その場に両膝をついた。

陽羽にざっくりと説明されていたにもかかわらず、希家も総毛立った。葦毛の馬の猛々《たけだけ》しさ、首なし武者の異様さに、すっかり気圧《けお》されてしまう。ましてや、何も聞かされていない政子の恐怖はいかばかりか。

首なし武者は威嚇《いかく》するように、ぶんっと大きく太刀を振るった。太刀風が、立ち尽くす希家のところにまで届いて、その頬を嬲《なぶ》る。

もうすでに事は始まり、希家はそこに否応なく巻きこまれている。強引すぎるだろうがと文句をつけたかったが、その持っていき先はどこにもない。

「中へ、隠れてください」

政子に告げた希家の声がかすれていたのは、演技ではなく本当だった。政子も震えながらうなずいて部屋の奥へと戻ろうとする。部屋の中では異変を悟った若女房が、早くも声をあげて泣き始めている。

大姫の声は聞こえない。きっと、あの繊細な少女は暗がりで押し黙って、ひたすら震えているに違いない。――と、希家は想像したのだが、事実は違っていた。

「姫さま、いけません！」

若女房の切羽詰《せっぱつ》まった声がしたと同時に、大姫が転がるように簀子縁へと飛び出してきた。何を思ってか、彼女は首なし武者にむかって両手をのばし、懇願するように呼びかける。

「義仲さま——！」

恐怖で錯乱したかと希家も驚く。

大姫の潤《うる》んだ瞳に恐怖心が浮かんでいなかったとは言わない。だが、それ以上に強い意志の力が、少女を突き動かしていた。

そのまま庭に下りようとする大姫の衵《あこめ》の裾を、政子が鷲づかみにして引き留めた。

「いけません、大姫」

つまずき、その場に倒れてしまった大姫は母親を振り返り、

「放してくださいませ、母上」

涙ながらにそう訴える。しかし、政子も頑として譲らない。

「放せるわけがないではありませんか」

政子の言うとおりだと、希家も思った。そもそも、なぜ大姫が義仲の霊に向かって呼びかける必要があるのか、理解不能だった。

陽羽が早口で語った計画が進行しているのならば、この庭のどこかに、寂漣が出番を待って隠れているはず。ところが、大姫がいきなり飛び出してきたがために、寂漣も出るに

出られなくなっている。

そうこうしている間に、式子とその女房たちが簀子縁を小走りに進んできた。何事かと様子を見に来たのだろうが、女房たちは首なし武者が視界に入るや、悲鳴をあげ、その場にへたりこんでしまう。式子も棒を吞んだかのように立ちすくむ。

まずい、と希家はあせった。騒ぎが大きくなって、寝殿や東の対の者たちまで駆けつけてきたら、事態を収拾できなくなる。陽羽の語った計画は無謀に過ぎて、どうかといまでも思うが、やるならやるで、さっさとやってくれないともっと困る。

(陽羽! 寂漣兄上!)

どこに隠れているのだと目を皿のようにして見廻すが、庭石や樹木が配置された庭には隠れ場所が多く、暗くもあって、ふたりとも容易にはみつけられない。

大姫は母親を振り切ることができないと悟ると、その場に手をつき、首なし武者に向かって頭を下げた。

「申し訳ございません、義仲さま。わたしは御子息を、義高さまをむざむざ死なせてしまいました。ただひとりのかたと心に決めておりましたのに、それほど大事なかたでありましたのに、お守りすることができませんでした」

十二歳の少女が発したとは信じられないような、血を吐くような言葉だった。大姫は六年前に許嫁の義高を救えなかったことを、いまもなお悔やみ続けていたのだ。彼女が病がちであるのも、その後悔の念が影響していることは、もはや疑いようがない。

「いいえ、いいえ。あなたのせいではないのですよ、大姫」

そう強く否定したのは政子だった。

「やれるだけのことはしたのです。義高どのを被衣《かつぎ》姿に装わせ、夜陰に乗じて逃がしてさしあげた。気づかれ、追っ手に捕らえられてしまったのは、運がなかったとしか」

非情な現実を一切、粉飾せずに、政子は口にする。武家の女だけあって、肝がかなり据わっていた。だが、それでは亡霊が鎮まってくれるはずもない。

葦毛の馬が高くいななき、前脚を大きく振りあげた。あたかも、大姫を踏み殺そうとするかのように。

幾つもの悲鳴が重なって聞こえた。政子や式子、若女房や、北の対の女房たち、彼女ら全員の悲鳴だろう。ただし、その中に大姫のものは混じっていなかった。

大姫は祈るように両手を合わせ、目を閉じていた。義仲の霊に殺されるのならば仕方がないと、すでに覚悟はできていたのだ。

もはやこの世にいない義高への思慕は、それほどまでに彼女を強く縛りつけていた。六歳の少女が十二歳の許嫁を守り切れずとも仕方ないと、きっといままでにも誰かが再三、言ってあげたはずだった。それでも、大姫はひたすら自分を責め、追い詰めていったのだろう。政子がそんな娘を不憫《ふびん》がり、無謀なお忍び旅を強行したのも無理はないと、希家は強い同情の念に駆られた。

ガンッとひときわ大きな音が響き渡った。葦毛の馬がその前脚を階《きざはし》に振りおろした音だった。

階のすぐ際《きわ》にいた大姫は、反射的に顔を上げた。大きく見開いた目の端には、涙の雫《しずく》があふれていた。

首なし武者は太刀を鞘に収めると、前に身を屈め、籠手《こて》をまとった右手を大姫にのばしていく。

まさか、大姫を縊《くび》り殺すつもりかと、希家は戦慄《せんりつ》した。止めなくてはと思うのに、身体がまったく動かない。陽羽はいったい何をしている、寂蓮兄上が死霊を成仏させるのではなかったのか、それともあれは大姫をさらいに来た本物の死霊なのか――と、とりとめのない考えが頭をめぐる。

それらはすべて杞憂《きゆう》にすぎなかった。首なし武者の手は大姫の頬を優しくなでただけで、すっ……と離れていく。

戸惑う大姫が瞬きをすると、大粒の涙がひとすじ、その白い頬を流れ落ちた。

姿勢を戻した首なし武者は手綱を力強く引いた。葦毛の木曾馬《きそ》は大きく身を翻し、北の対の庭を駆け足で縦断する。前栽を踏み散らし、土を蹴り立て、その巨体に見合わぬ軽やかさで築地塀を一気に跳び越える。

首なし武者の姿は塀のむこうへと消えた。蹄の音も遠ざかっていく。寂漣が出ていく間もなかった。

希家は皆と同じように呆然としながらも、念押ししなくてはと咄嗟に思い、声を振り絞った。

「亡霊は立ち去りましたぞ!」

第一声が出さえすれば、あとの台詞は滞りなく滑り《すべ》出てきた。

「義仲公は成仏された。大姫の無垢《むく》な御心に打たれて我に返り、冥界《めいかい》へと戻っていかれたのです。迷いの闇《やみ》は乙女の祈りにより晴れた。もはや二度と、二度とこの世には現れますまい」

そうであってくれよと願いながら、語句を重ねて強調する。誰もが望む理想の結末を描いたつもりだった。その判断は間違っていなかったのだろう。政子のみならず、式子も女房たちも、ああと安堵の吐息をこぼした。

大姫は——わっと声をあげて泣いた。寺院でも移動の牛車の中でも、おとなしく押し黙っていた彼女が、身も世もなく号泣する。

そんな娘を政子が抱きしめた。大姫は母の胸でただただ涙に暮れている。

義高の父である木曾義仲に罰してもらうことを望み、大姫は首なし武者の前に身を投じたのだろう。だが、さすがにその願いだけは叶えてやれない。義仲もそんなことは求めていないと、大姫に伝わったのであればよいが。

いつの間にか、希家のそばに寂漣と陽羽が来ていた。

「どうにか収まりました……よね？」

陽羽が心細そうに言う。思惑とだいぶ違ってしまった流れに、不安をいだいている様子だった。希家は彼女を安心させるためにうなずいた。

寂漣は不安などとはまるで無縁の体で、

「見せ場がなくなったな。迷える霊を調伏《ちょうぶく》してやるはずだったのに」

そんなことを言って、希家を脱力させる。

「あ、兄上……」

義兄の意外な一面を知って軽く混乱した希家は、思わずその場にしゃがみこみそうになった。そこをどうにか踏みとどまった彼に、寂漣が笑いかける。

「まあ、いいか。わたしに代わって出来のいい弟が、義仲公を立派に成仏させたのだからな」

一点の濁りもない優しい笑みに、やはりいつもの兄上だと安心した上で、希家は首を左右に振った。

「いいえ。義仲公を成仏させたのは、やはり大姫の涙でしたよ」

六

忍ぶることの

小さな庵の簀子縁から仰ぐ空は、まぶしいほどに青い。湧きあがる雲は、まるでそびえ立つ白い巨石のようだ。

旅立つにはいい日和《ひより》かもしれない、と寂漣《じゃくれん》は心の中でつぶやき、東に向かって進む牛車を思い描いた。

（もう出発したかな。牛車はいまごろ、どのあたりだろうか……）

そんな感慨にふける彼の横には、招かれざる客がひとり、すわっていた。折烏帽子に直垂を着たあの男だ。

水を所望するので、一杯、振る舞った。それを飲み終えても男はなかなか去ろうとしない。寂漣は仕方なく、

「そういえば、例の鎌倉の御婦人がたは予定を切りあげ、今日にも東国へ戻っていかれるそうで。加持祈禱の効果が出て、娘御の具合もよくなったので、このまま帰路に就こうと、そういうことだそうですよ」

世間話の体をとって、あらましを告げる。男は手の中の碗に視線を落としたまま、訊き

返した。

「で、どうだったのだ？」

「どうもこうも。本当に公文所《くもんじょ》別当の妾とその娘だったようですね」

あからさまな疑いの目を、男は寂蓮に向けてきた。なかなか剣呑な視線だったが、それにも寂蓮は知らぬ顔で、

「骨折り損でした。幾度も寺と庵を往復して、さすがに疲れ果てましたよ」

「ふん……。それはご苦労だったな。だが、まったくの損ではあるまい。若女房とよろしくやれたのだから」

「ですから、そのようなことは何も」

「どうだか。――まあ、いい」

男は空になった碗を置くと、重い腰をやっと上げてくれた。

「また、何かあったら頼む」

「そうおっしゃいましても、わたしは一介の僧侶にすぎませんから。ただひたすら、朝廷のために、御子左《みこひだり》家のために良かれと願うばかりですよ」

青い空と白い雲をみつめて、寂蓮は淡々と言ってのける。彼にとっては、それが掛け値なしの真実だった。

「この度は、宮さまにも大変、ご迷惑をおかけいたしました」

心からの謝意を込め、希家《まれいえ》は深々と頭を下げた。一段高い母屋で、小袿に身を包んだ式子内親王《のりこないしんのう》は女房たちに囲まれ、希家に温かいまなざしを注いでいた。

「そんなに謝らずとも。そもそも、わたしは何もしていなくてよ」

「いいえ。突然、押しかけたわたしどもを快《こころよ》く受け容れてくださいました。おびえる大姫《おおひめ》さまたちを慰めてもくださいました。それなのに、あのような死……」

死だの病だのは、斎《いつき》の姫《ひめ》には禁句。そう思い出し、希家は死霊という語句を回避しようとする。

「ああっと、古き霊をですね、八条御所に呼びこむような事態になりまして、なんとお詫びしていいものやらと」

「お詫びだなんて。さまよえる御魂《みたま》を慰めることに少しでも力を貸せたのならよかったと、本気でそう思っていますよ。わたしは賀茂《かも》の斎院《さいいん》でいた十年間、神にはばかり、仏事からは遠ざからねばならなかった。その分の罪深さを、先日の件で少しは晴らせたと思いませんか？」

おっとりとした口調でそう言われると、希家のほうこそ救われた心地がした。

「それから、あの母子は……鎌倉に向かって旅立ちました。ここに来る前に見送ってまいりましたが、宮さまに幾度も幾度も礼を述べておりました」

「わたしは何もしておりませんのに」

あくまでも謙虚に式子は言う。鎌倉の御台所とその一の姫の件を口止めする必要など、ありはしなかった。

ありがとうございますとさらに感謝の言葉を重ねて、希家は式子の前を辞した。それから簀子縁を行くふりをして、ひそかに庭に下りると、待ち構えていた陽羽《ひわ》が物陰《ものかげ》からひょいと姿を現す。

「もういいんですか?」

「ああ。ありがたいことに、宮さまは快く許してくださったよ」

「あのかたは、地上に降りた女神さまのようなおかたですからね」

八条御所に来てまだ日の浅い陽羽でさえ、式子を絶賛する。希家は自分の身内が褒められたような、くすぐったさをおぼえた。

「で、連れて行ってくれるか」

「はい。そっとですよ」

西の対に住む以仁王《もちひとおう》の姫宮《ひめみや》に、ぜひともひと目、逢っておきたい。今回のことを秘密にする代償として、希家が陽羽に持ちかけたのがそれだった。陽羽はむしろ喜んで了承してくれた。

「あちらは北の対の女房がたから忌まれておりますから、わたしが連れて行ったということは、くれぐれも内密にしてくださいね」

「忌まれている？」

「お庭に猫の墓があるんですよ。しかも六つも。変わってらっしゃるなぁとは思いましたけれど、どうやらあれは、巴御前《ともえごぜん》たちが潜伏していることを気づかれないようにするための、ひと除けの策だったようで」

「なるほど、聡《さと》いおかただな」

「はい、そうなんです」

と、陽羽は嬉しそうに言う。どうやら、彼女と姫宮とはいい関係を築けているらしいなと、希家も微笑ましく思った。

「ところで、わたし悩んでいるんです。首なし武者の話はどういうふうに整えて中宮さまにお話しするか、ちょっと思案のしどころなんですけど。御台所さまや大姫さまのことは、さすがに明かせませんし」

「うーん。義仲《よしなか》説は脇に置いて、大改編してみてはどうかな。戦で恋人を亡くした女人が首なし武者の噂を聞いて、夜の大路に出向き、首なし武者に『いっそ、わたくしの命も取りあげてください』と涙ながらに頼むが、首なし武者は彼女の頬にそっと触れただけで立ち去ってしまう。その優しい手の感触に女は恋人を思い出し、『もしや、あなたは』と追いすがるも、どこにも武者の姿は見えず。それ以来、首なし武者はぱたりと現れなくなった……とか」

「あ、いいですねえ。悲恋の感じがたまりません。それ、いただきます」

そんな会話を交わしながら、ふたりは庭伝いに西の対へ進む。

西の対では、簀子縁と廂の間の境にぐるりと御簾が張りめぐらされていた。陽羽に事前に聞かされたとおり静かで、他人を拒むような張りつめた感を建物全体から受ける。庭に六基並んだ小さな石積みの墓も、演出にひと役かっていた。

陽羽はそんな気配をものともせず、慣れた足取りで庭を横切っていき、簀子縁の階の手前から屋内へと声をかけた。

「姫宮さま、権少将《ごんのしょうしょう》さまをお連れいたしました」

しばらくして、御簾のすぐ近くにまで人影がひとつ、近づいてきた。以仁王の姫宮だった。

この時代、貴族の女人は夫や家族以外には顔を見せないのが普通だ。もしかしてと希家も期待していたのだが、やはり御簾が上がることはなかった。

「権少将。この度は苦労をかけた。許されたい」

御簾のむこう側から、姫宮が大人びた口調で告げる。顔が見られず少々残念ではあったが、直接、言葉をもらえただけでも、姫宮の気持ちは充分に伝わってくる。

希家は地面に片膝をついて畏まり、頭を下げた。

「いいえ。これで義仲公の無念ばかりか、大姫さまのお苦しみも少しは軽くなったことでしょう。それが何よりでございます」

「本当に……」

小声でつぶやいたきり、姫宮は沈黙した。これで会見は終わりということだなと、希家も悟った。ずいぶんと素っ気ない気はしたが、姫宮の置かれた状況を思えば致しかたあるまいと、希家も納得してその場を離れようとした。

去り際に、やはり気になって、希家は肩越しに後ろを振り返った。御簾と柱の間が少しめくれて、そこから姫宮が顔を覗かせていた。

陽羽から聞いたとおりの美少女だった。希家と目が合うや、姫宮はすぐに御簾から離れて、奥へと姿を消す。ほんの数瞬の邂逅であったが——それは希家の中になんともいえぬ違和感をもたらした。

（なんだ、これは？）

これと似たものを以前にもどこかで感じた気がした。それがいつで、なんに対する違和感だったか。思い出した途端、あっと無意識に声が出た。

「権少将さま？　どうかされましたか？」

「……首なし武者の正体は、わたしと陽羽と寂漣兄上の三人だけの秘密、だな？」

「はい、そうですけど」

「ならば、そこにもうひとつ、秘密を加えても大事ないな」

陽羽の眉根が困ったように中央に寄る。

「なんの話ですか」

言っていいものかどうか。迷いはしたけれども、とても黙ってはいられず、希家は陽羽にいま気づいた事実を打ち明けた。

「あれは男だぞ」

陽羽は眉根を寄せるだけでなく、唇を鴨《かも》のように突き出して、意味不明だと言わんばかりの顔を作った。

「どうされたんです？　桂木《かつらぎ》さんのことですか？」

「あれとは関係ない。いや、あるか。桂木の君と初めて対面したとき、わたしは説明しがたい違和感をおぼえた。それと似た感じがしたせいで気づいたのだが――」

こめかみを押さえて、希家は再び断言した。

「ついさっき、御簾のむこうからわたしに話しかけていたのは男だ。間違いない」

「姫宮さまが男？」

「ああ。以仁王の姫宮と名乗り、巴御前たちに守られているあの若者は、いったい誰だと思う？」

陽羽に問う形で、希家は自分自身に問いかけ、答えを模索する。そして、思い出した。

首なし武者の前で、政子《まさこ》が大姫に言っていたことを。

『やれるだけのことはしたのです。義高《よしたか》どのを被衣姿に装わせ、夜陰に乗じて逃がしてさしあげた。気づかれ、追っ手に捕らえられてしまったのは、運がなかったとしか』

被衣姿に装ったとは、衣を頭からかぶり、女と見せかけて追っ手の目をくらまそうとしたという意味だ。戦の場から逃げ出すために、そういった手段をとった例はしばしば耳にする。

誰かを身代わりにし、義仲の遺児たる義高がひそかに逃げ延びていたのだとしたら。

巴御前たちと合流し、彼女たちに守られて都までたどり着いたのだとしたら。

義高は違う名を名乗り、ひと目を忍んで暮らし続けているのかもしれない——

そこまで組み立てて、あり得る、と希家は判断した。

西の対にいる姫宮は、いったい誰なのか。

そう問われて固まった陽羽に、希家は己の仮説を語ってくれた。

最初こそは、そんな馬鹿なと陽羽も思った。式子内親王とはまた違った神秘な空気をまとい、吸いこまれそうな目をした美少女が男だなどと、天才歌人の妄想もついにここまできたかと気の毒にさえなった。

だが、耳を傾けているうちに、ざわり、ざわりと陽羽の心の中で何かがざわめき始めた。次第にそれは無視できないほどに大きくなっていく。

とてもじっとしていられなくなった。陽羽は突然、踵《きびす》を返し、西の対へと戻っていく。

驚いた希家があとからついてくるのも、気に留めない。簀子縁のそばまで来ると、

「姫宮さま、姫宮さま。まだ、そこにいらっしゃいますか?」

返事はなかったが、いると想定して陽羽は呼びかけた。

「お尋ねしたいことがあります。答えてください。昨日の首なし武者は——本当に山吹《やまぶき》御

前だったのですか？」

「おい、何を言っている」

口を挟もうとした希家を、陽羽は手を振って黙らせた。

「昨夜のわたしたちには、事前に首なし武者の中身を確かめる暇はありませんでした。巴御前は腕を負傷していましたから、当然、あの役どころは山吹御前だと思っておりました。けれど、あのかたがたにとって、大姫さまは主君の仇《あだ》たる頼朝《よりとも》公の娘。姫さま自身に恨みはないとはいえ、嘆き哀しまれる大姫さまのために、あそこまで慈愛深く振る舞えるものでしょうか？」

胸に生じたざわめきの正体を吐露していると、白い手が御簾を押しやって、姫宮が簀子縁へと姿を現した。

希家がまじまじと姫宮を凝視する。慣例にそぐわない不躾《ぶしつけ》な視線をものともせず、姫宮は陽羽だけを見据えて言った。

「それはどうかな。山吹は同じ女として、大姫の嘆きに共感したのやもしれない」

「だとしても危うすぎます。大姫さまに近づきすぎていました。あの武者の身体が作り物だとばれたかもしれないのに。そんな危険を冒してさえもなお、大姫さまを慰めたかった。あのかたに直接、触れたかった。そんな強い想いが、あのときの首なし武者にはあった。でも、山吹御前が果たしてそこまで思うでしょうか？」

さっと、陽羽は片手を後ろの希家に振った。

「この、とんでも歌人の権少将さまがわたしに教えてくれました。姫宮さまは男だと」

とんでもとはなんだ、と希家が抗議の声をあげたが、陽羽は耳を貸さない。

「男のかたで、巴御前たちに守られていて、義仲公に思い入れがあり、大姫さまのためにそこまでなさるあなたは……」

陽羽は口から大きく息を吸いこみ、意を決してから言った。

「もしや、木曾の御曹司なのでは？」

笑い飛ばされるか、激昂《げきこう》されるか。そのどちらかと陽羽は踏んでいた。もしかしたら、西の対への出入りを禁止、いや、女院のお気に入りを愚弄《ぐろう》した廉《かど》で八条御所そのものから追い出されるかもしれない。できれば、そんな事態は避けたかったが、ここまで来たら、退くに退けない。

姫宮はあの吸いこまれそうな深い瞳で、陽羽をじっとみつめていた。やがて、希家をちらりと見やって、ほんの少しだけ苦笑する。

「歌詠みは感性が鋭いな。やはり、警戒して然《しか》るべきだったか」

「では……」

呆然とする陽羽と希家に、姫宮——義高でもある——は言った。

「六年前、木曾義高は鎌倉から逃亡した。被衣姿に身をやつしたまま、途中で山吹や巴とも合流を果たし、どうにか都にたどり着いた。都では、以仁王の縁を頼って、八条の女院さまにおすがりすることになった。その当時はまだ本物の姫宮も生きていて……、かのかたの新しい女房として西の対に入ったのだが……」

苦しそうに、姫宮はその細眉《ほそまゆ》をひそめた。

「わたしの逗留《とうりゅう》中に、姫宮は病に倒れ、あっけなく身罷《みまか》られた。女院さまにとっては孫も同然の、お気に入りの姫君だったのに。女院さまは身も世もなく嘆かれ、泣きはらした目でわたしを見てこうおっしゃったのだ。『姫宮はここにいるではないか』と」

女院は猶子の以仁王を戦で失っている。この上、彼の忘れ形見まで失うわけにはいかなかったのだろう。

「わたしにとっても好都合だった。これで居場所ができた。ここならば鎌倉の間者の目も届かない。命を狙《ねら》われる恐怖に苛《さいな》まれることもなく、穏やかな日々を送れると思ったのだ。——陽羽は、斎院の宮さまが詠まれた『魂の緒よ』の歌は知っているか?」

急に話の流れとは関係のなさそうなことを訊かれ、陽羽はあわてて応えた。

「あ、はい。叔母に教わりました」

「命の緒よ、いっそ絶えてしまえ。このまま生きながらえていたら、いつか秘密がばれてしまいそうだから……。この歌でいう秘密とは、世に知られたくない秘密の恋という意味だが、わたしの場合は——わかるな？」

陽羽は遠慮がちにうなずいた。

目の前にいる麗人は以仁王の娘ではない。女でさえない。そのことを秘して、ここで生きていかなければならない。もしも真実があばかれたら殺されてしまう。命に関わる秘密なのだ。

「斎院の宮さまには何もかも見透かされているようで怖かった。だから、わたしはあのかたを遠ざけようとした。そもそも、わたしはあのかたとは赤の他人。伯母でも姪でもないのだし」

いつの間にか、庭には西陽《にしび》が射し始めていた。庭木の影に混じって、石積みの小さな墓の影も、草地の上に長くのびている。

六つ並んだ猫の墓へと、姫宮は目を向けた。

「あの墓は、外の者をここに立ち入らせないためだけではない。わたし自身への戒《いまし》めでもあるのだ」

「戒め？」

「ああ。わたしを逃すために命を落とした者もいる。戦場《いくさば》ではもっと多くの命が失われた。彼らのおかげで、いまのわたしは生きながらえている。その事実を忘れぬように自分で設けた戒め、言い換えれば結界のようなものだ。外からは入ってこられず、内からも出てはいけない」

「そこまで……する必要があるのですか？」

その問いに、姫宮は小さくため息をついた。

「こうまでしないと未練が生じてしまう。未練は毒にしかならない。大姫はその毒で心身を弱らせ、病がちになった。だから、未練は捨てないと。大姫には、わたしのことは早く忘れて、長く健《すこ》やかに生きていってほしい」

「それであなたは寂しくはないのですか？」

陽羽の声は震えていた。その肩も。希家が見かねて彼女の肩に触れ、支えたほどに。

「……寂しくとも生きてはいける。大姫がわたしのためにあれほど嘆いてくれた。それでもう充分だ。わたしはこのまま、この八条御所で朽《く》ちていくつもりだよ」

そう言うと、姫宮は陽羽たちに背を向けた。陽羽は我慢できずに、声を大にして言い募った。

「でも、あの、また来てもよろしいですよね？　姫宮さまといろいろなお話がしたいです。それから、わたし、せめてものお礼に、外の面白おかしい話をたくさん集めてきますから。居ながらにして、たくさんの人生を眺めているような気にさせられる、そんなすごい話をいっぱい、いっぱい抱えてまいりますから。いいですよね？　それぐらいはさせていただけますよね？」

姫宮が微笑んだのが、顔は見えずとも気配で伝わってきた。

「ありがとう。楽しみにしているよ、陽羽」

袿の長い裾を器用にさばき、姫宮は御簾のむこうへ行ってしまう。孤高の姫を守護すべく、畏まっているふたりの女房の姿が屋内に垣間見え、すぐに視界から消えた。西の対にめぐらされた御簾は、強固な壁にも等しかった。

姫宮は、もう六年も前に、ここで以仁王の忘れ形見として生き、朽ちていくと決めたのだ。それ以外の選択はなかった。ほかの道は、すべて死に直結していたから。

姫宮がどんな気持ちでいるか、陽羽には推し量りようもない。それでも、どうしても胸が痛む。涙があふれてきてしまう。庭に射しこむ黄昏の光が、今日はむしょうに目にまぶしい。

「こら。泣くな、陽羽」

「だって……」

希家に咎められても、陽羽は涙を押しとどめることができなかった。

ぼろぼろと大粒の涙を流す少女の頭を、希家がやれやれとつぶやきながら、なでてやる。庭に咲く撫子の花も、孤独な魂を慰撫《いぶ》するかのように夕風に優しくそよいでいた。

本書は書き下ろしです。

〈著者紹介〉

瀬川貴次（せがわ・たかつぐ）

1964年生まれ。'91年『闇に歌えば』でデビュー。「ばけもの好む中将」、「暗夜鬼譚」シリーズ（ともに集英社文庫）、『怪奇編集部「トワイライト」』（集英社オレンジ文庫）など著作多数。

百《ひゃっ》鬼《き》一《いっ》歌《か》

都大路《みやこおおじ》の首《くび》なし武者《むしゃ》

2018年7月18日　第1刷発行　　定価はカバーに表示してあります

著者……………………………瀬《せ》川《がわ》貴《たか》次《つぐ》

発行者……………………………渡瀬昌彦

発行所……………………………株式会社 講談社

〒112-8001 東京都文京区音羽2-12-21

編集03-5395-3506

販売03-5395-5817

業務03-5395-3615

本文データ制作…………講談社デジタル製作

印刷……………………………豊国印刷株式会社

製本……………………………株式会社国宝社

カバー印刷…………………慶昌堂印刷株式会社

装丁フォーマット………ムシカゴグラフィクス

本文フォーマット………next door design

ISBN978-4-06-294118-1　N.D.C.913　262p　15cm